QUINTLAND

HORS-SÉRIE

ISBN : 978-2-74-852640-0
© 2019 Éditions SYROS, Sejer,
25, avenue Pierre-de-Coubertin, 75013 Paris

Loi n° 49-956 du 16 juillet 1949
sur les publications destinées à la jeunesse,
modifiée par la loi n° 2011-525 du 17 mai 2011.

Mise en pages : DV Arts Graphiques à La Rochelle
Dépôt légal : mai 2019

Fred DuPouy

QUINTLAND

SYROS

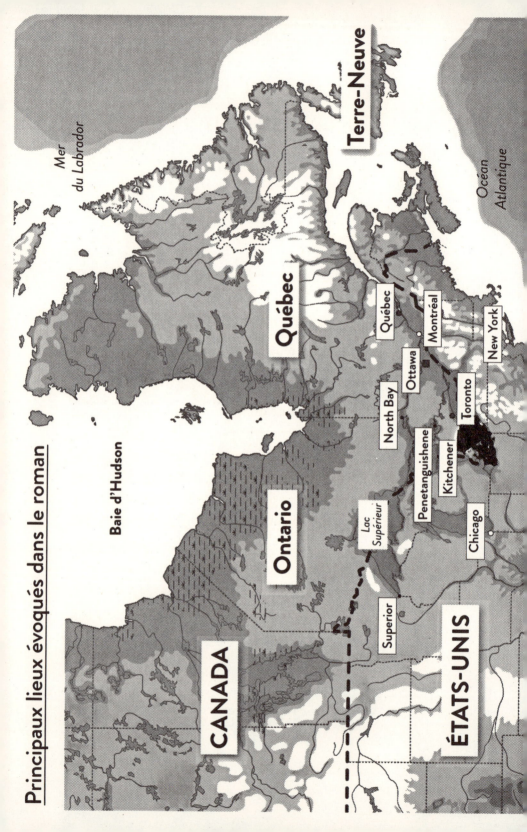

1.

*Corbeil (Canada, province de l'Ontario),
28 mai 1934*

Il ne passait pas souvent de voitures devant la ferme des Dionne, deux ou trois par jour peut-être, et il était encore plus rare d'en voir une s'arrêter. Celle qui stationnait devant la barrière était bien connue des habitants du comté : elle appartenait au docteur Dafoe, le seul médecin de la région. C'était un coupé à deux places, et comme les petites routes du comté n'étaient pas goudronnées, il était couvert de poussière.

Il pouvait être 8 heures. Le soleil apparaissait au-dessus de la cime des pins et commençait à réchauffer la campagne. La porte de la maison s'ouvrit, un homme à moustache et cheveux blancs en sortit. Sur le perron, il posa la mallette qu'il tenait à la main pour ôter ses lunettes rondes et se frotter les yeux. C'était Dafoe.

Ce matin vers 4 heures, Dionne était venu le chercher en urgence : Elzire, sa femme, était en train d'accoucher et les choses ne se présentaient pas bien. Les yeux encore collés, le docteur Dafoe avait enfilé un pantalon et une veste de laine par-dessus sa chemise de nuit avant de sauter dans sa voiture. En arrivant à la ferme, il avait trouvé une Elzire Dionne d'une pâleur effrayante, trempée de sueur et à peine consciente. Autour du lit s'agitaient deux autres femmes : Donalda, la tante d'Elzire, et Mme Lebel, une sage-femme du voisinage réputée tant pour son expérience d'accoucheuse que pour les dix-huit enfants qu'elle-même avait eus. Les faibles cris d'un nouveau-né s'échappaient du panier posé au pied du lit. Comme il se penchait vers la mère, Mme Lebel l'avait attrapé par le bras :

— Regardez dans le panier, Docteur.

Du bout des doigts, Dafoe avait écarté la couverture de grosse laine qui couvrait le contenu du panier. Il avait tressailli : sous ses yeux, ce n'était pas un bébé qui s'agitait, mais trois ; trois minuscules créatures à peine plus grosses que des chatons. Il en prit une entre ses mains, elle tenait tout entière dans sa paume. C'était une fille. Elle respirait difficilement, sa peau était sèche, violacée à cause du froid et du manque d'oxygène. Le médecin se tourna vers la tante Donalda :

— Trouvez de l'huile de cuisine, ordonna-t-il. Faites-la tiédir et massez les bébés avec.

Il se souvenait que, quelques semaines plus tôt, Elzire Dionne s'était présentée à son cabinet de consultation.

Bien qu'âgée seulement de vingt-cinq ans, la jeune femme en était déjà à sa sixième grossesse. Ce jour-là, elle s'était plainte d'éprouver des sensations inhabituelles. Dafoe avait palpé son ventre distendu sans parvenir à identifier formellement les membres d'un fœtus. Il s'était montré rassurant mais, au fond de lui, il aurait été bien incapable d'affirmer que cette grossesse se déroulait normalement. Il se rappelait aussi que l'accouchement n'était prévu que pour le mois de juillet, ce qui signifiait que les triplés étaient prématurés de deux mois et que leurs chances de survie étaient faibles.

Il se releva. Où en était la mère ? Son pouls était à peine perceptible. Il lui fallait une piqûre d'adrénaline.

– Passez-moi ma mallette, madame Lebel.

Mais celle-ci ne bougea pas.

– Madame Lebel ? insista Dafoe, agacé.

– Regardez, Docteur, répliqua la sage-femme.

Le médecin se retourna et, l'espace d'un instant, se sentit pris de vertige : entre les jambes d'Elzire Dionne, la tête d'un quatrième bébé était en train d'apparaître.

– Bon sang, c'est incroyable. Des quadruplés !

Pendant dix minutes, ils se démenèrent, s'occupant à la fois de la mère et de l'enfant en train de naître.

– Une fille, dit le docteur Dafoe. J'ai l'impression qu'elle est encore plus petite que les trois autres.

– Les trois autres sont des filles également, fit remarquer la sage-femme.

Et la seconde d'après :

– Docteur ! Je crois que...

Elle n'eut pas besoin d'achever. Avant même de relever la tête, Allan Dafoe avait compris que Mme Lebel parlait d'un cinquième bébé.

Au petit matin, le docteur Dafoe laissa les quintuplées et leur mère aux bons soins des deux femmes et d'Oliva Dionne, le père, qui n'en menait pas large. Les cinq bébés avaient été massés à l'huile tiède, puis placés les uns contre les autres sous une couverture, dans un grand panier d'osier qui servait habituellement à ranger le linge. On avait ensuite posé le panier sur une chaise devant la cuisinière à bois allumée, pour maintenir au chaud les minuscules fillettes.

Sur le perron, au soleil levant, Dafoe pensa à la longue journée qui l'attendait. Il devait d'abord passer chez lui pour se changer – il avait encore sa chemise de nuit sous sa veste. Ensuite, il irait prévenir un prêtre que plusieurs membres de la famille Dionne avaient besoin de recevoir les derniers sacrements. En effet, l'état d'Elzire lui inspirait une vive inquiétude ; quant aux bébés, pour autant qu'il sache, il n'existait pas de cas de quintuplés ayant survécu plus de quelques jours. Enfin, il se rendrait à son cabinet pour y assurer les consultations. Le docteur laissa errer son regard sur les champs des Dionne qui entouraient la petite maison. Sur les lopins de terre aride arrachés à la forêt, les pierres brillaient au soleil comme des étoiles par une nuit claire. Ici, les récoltes étaient minces, et le cours des céréales n'avait cessé de chuter ces dernières années. Comme toutes les familles de fermiers de l'Ontario, les Dionne n'étaient pas riches et la menace d'une faillite hantait leurs nuits. Les fillettes nées ce matin ne verraient probablement pas la journée du lendemain – à elles cinq, elles devaient peser à peine le poids d'un bébé ordinaire, comment auraient-elles pu survivre ? – et c'était bien triste, mais ce n'était pas grand-chose à côté de la catastrophe que représenterait la mort d'Elzire. Que deviendraient alors les autres enfants du couple, dont l'aîné n'était âgé que de huit ans et la plus jeune de onze mois ? Le docteur Dafoe soupira profondément, ramassa sa mallette et se dirigea vers sa voiture. Il repasserait au chevet d'Elzire aussitôt que possible, entre deux consultations.

Au même moment, à North Bay, une douzaine de miles[1] plus au nord, Alice Rivet marchait vers son école. Elle avait dix ans et demi, mais on lui en aurait difficilement donné plus de neuf, avec sa petite taille et ses mollets maigres flottant dans des collants verts. L'horloge de Saint-Vincent-de-Paul marquait 8 h 20, il restait dix minutes avant la sonnerie de l'école, à peine le temps de faire le trajet d'un bon pas. Pourtant Alice s'arrêta devant la quincaillerie. Elle resta ainsi une minute environ, jetant des regards inquiets en direction de l'hôtel de ville. Une jeune

---

1. Un mile vaut 1 609 mètres.

fille apparut brusquement, courant et souriant de toutes ses dents.

— Edith ! Qu'est-ce que tu fichais ? On va être en retard !

— Ah ! ce n'est... pas de ma faute, haleta Edith. J'ai... cassé mon lacet... au moment de partir.

— Allez, on court !

— Attends ! Il s'est à nouveau défait, je risque de perdre ma chaussure.

— Si on traîne encore, la grille sera fermée ! s'impatienta Alice.

Edith se mit à rire :

— Et alors ? Je ne vais pas y aller pieds nus, tout de même. Si la grille est fermée, on sonnera et le vieux schnoque sera bien obligé de nous laisser entrer.

Chaque matin, à 8 h 30 précises, le concierge de leur école fermait le portail. Les retardataires devaient sonner à la porte de la loge, attendre que le vieil homme daigne leur ouvrir, subir ses remontrances en échange d'un billet de retard, puis gagner enfin leur classe où elles avaient toutes les chances d'être punies par la professeure.

— Écoute, je pars devant et je préviens le concierge que tu arrives, d'accord ?

— J'arriverai quand je serai prête, je sais ce que j'ai à faire, lâcha Edith entre ses dents.

Alice soupira profondément avant de dévaler la rue qui descendait vers les rives du lac Nipissing, ses longues nattes blondes battant l'air autour de son visage.

Edith et elle s'étaient rencontrées au début de l'année scolaire, lorsque la famille Rivet s'était installée à North Bay. Les parents d'Alice avaient dû quitter leur village de Nipissing West après l'accident dont son père avait été victime : celui-ci, mécanicien dans une scierie, avait eu la jambe happée par une courroie. Après une longue convalescence, il avait à peu près retrouvé l'usage de son membre mais, entre-temps, la compagnie forestière avait embauché un autre employé à sa place. Il s'estimait heureux d'avoir trouvé un nouvel emploi dans un garage automobile de North Bay, mais pour Alice le déménagement avait été douloureux. Son ancienne école, à Nipissing West, était une classe unique regroupant filles et garçons, de la première à la septième année[1]. Tous travaillaient ensemble, les grands aidant les petits, dans une atmosphère qui évoquait celle d'une ruche. Ici, à North Bay, il y avait plusieurs établissements scolaires. Le leur était une école de filles à plusieurs classes. Les professeures interdisaient formellement aux élèves de coopérer. Il fallait travailler seule, réussir seule, et devenir si possible meilleure que les autres. Les grandes méprisaient les petites, les petites craignaient les grandes. À son arrivée, Alice s'était sentie perdue. Elle avait naturellement cherché à se tourner vers ses camarades, mais n'avait rencontré qu'indifférence ou hostilité. Parmi toutes les élèves de sa

---

1. Au Canada, la classe de première accueille les élèves de six ans, la deuxième ceux de sept ans, etc.

classe, seule Edith Legault avait manifesté de la sympathie pour la nouvelle. Elles n'avaient pas tardé à devenir amies et, à présent, elles se voyaient aussi souvent qu'elles le pouvaient. Elles avaient pourtant des goûts différents, opposés même, et elles ne se ressemblaient pas. Mais on ne les voyait jamais se disputer. Alice était calme, posée, bonne élève. Edith avait un tempérament vif, un peu trop aux dires de leurs professeures. Elle s'emportait facilement contre ses camarades de classe et se mettait alors à bégayer, ce qui faisait rire ses adversaires et décuplait sa colère.

Alice était déjà loin quand Edith s'élança à son tour après avoir réparé son lacet. À l'inverse de son amie, qu'elle dépassait d'une bonne tête, elle était solidement bâtie. Ses cheveux bruns coupés court renforçaient encore l'impression de vivacité qu'elle dégageait. Elle déroula sa foulée, effleurant à peine la chaussée en pente. Son souffle puissant et régulier soulevait sa lèvre supérieure, découvrant une rangée d'incisives pointant vers l'avant. Bientôt, Alice fut en vue : elle approchait de Main Street, la dernière rue avant les berges du lac, où se dressait la façade noircie de leur école. Edith estima la distance qui restait à parcourir, attendit l'angle de la rue pour se mettre à sprinter. Dans un ultime effort, elle dépassa Alice juste avant le portail. La cloche sonna au moment où les deux jeunes filles entraient dans la cour. Aussitôt, les élèves éparpillées aux quatre coins de l'espace entouré de murs se mirent à converger vers le préau. Sous le regard sévère de la professeure de service, les cent et quelques filles âgées de sept à douze ans se mirent en colonne par deux ; le brouhaha des voix s'abaissa à un volume discret. Les timides s'étaient tues, les plus délurées terminaient leurs conversations.

— Dents-de-lapin a couru ! entendit-on fuser dans le rang des septième année.

— Ouais, elle devait avoir des chasseurs aux fesses, répondit quelqu'un derrière.

Edith tourna furieusement la tête en direction des voix. Quatre ou cinq filles, toutes plus grandes qu'elle, la dévisageaient d'un air moqueur. Elle répliqua d'un regard noir assorti d'un geste obscène. Cela n'échappa pas à la professeure qui donna un coup de sifflet autoritaire.

— Edith Legault ! Sortez du rang !

Le silence se fit total. Toutes les élèves regardèrent Edith s'avancer vers la professeure.

— Pourquoi ce geste ? Répondez !

— Elles m'insultaient, dit la jeune fille, le visage impassible.

— Combien de fois faudra-t-il vous le répéter ? Quand la cloche a sonné, vous vous taisez !

— Je ne parlais pas, Miss.

— Assez ! Vous parliez avec vos mains.

— Les septième parlaient avec leurs bouches, elles.

Un frémissement parcourut les rangs : Dents-de-lapin tenait tête à Miss Marquet, une des adultes les plus sévères de l'école.

– Un mot de plus, Legault, et ce sera un mot de trop, menaça Miss Marquet.

Edith n'ajouta rien. Mais à la façon dont la jeune fille la dévisagea froidement, calmement, la professeure comprit que l'élève n'avait pas peur, et qu'elle ne se taisait que parce qu'elle l'avait décidé, elle. Un dernier coup de sifflet ordonna la mise en mouvement vers les salles de classe. L'une après l'autre, les colonnes passèrent sous le porche de pierre, pour une trêve studieuse qui durerait jusqu'à la récréation.

2.

La chambre où reposait Elzire Dionne bruissait du vol des mouches. Inlassablement, elles essayaient de venir se poser sur ses bras, sur son visage et inlassablement, Elzire les chassait d'un geste. À la tombée de la nuit, les mouches s'éloigneraient, et aussitôt les moustiques prendraient le relais jusqu'au matin. Aussi loin qu'Elzire s'en souvenait, il en avait toujours été ainsi, printemps comme été. Il aurait fallu équiper de moustiquaires les portes et fenêtres des six pièces que comptait leur habitation, mais cela représentait une dépense que les Dionne n'avaient jamais envisagée sérieusement. De même, plus de trente ans après sa construction, la maison de bois attendait encore sa première couche de peinture.

Elzire était revenue à elle deux heures après le départ du médecin. Elle était très faible, mais avait repris des couleurs. Mi-couchée, mi-assise dans son lit, soutenue par des oreillers, elle parlait en français avec le révérend Routhier qui, prévenu par le docteur Dafoe, était venu donner l'extrême-onction aux quintuplées. Dans la cuisine, la tante Donalda activait le fourneau pour maintenir une température élevée. Sur la plaque d'acier brûlant, elle faisait chauffer des serviettes qu'elle appliquait ensuite sur le panier où les bébés remuaient à peine. Au bout de quelques minutes, quand la chaleur des serviettes s'était évaporée, elle les remplaçait, et ainsi de suite. De temps en temps, un des bébés pleurait : on aurait dit le miaulement d'un chaton. Ernest, Rose-Marie, Thérèse et Daniel, les autres enfants des Dionne (Pauline, la plus jeune, était encore au berceau), désœuvrés, livrés à eux-mêmes, circulaient continûment à travers la ferme, allant de l'étable à la chambre, du hangar à la cuisine où l'un d'eux soulevait furtivement un coin de couverture pour observer à la dérobée les cinq créatures incroyablement menues qu'étaient leurs sœurs. Leur père travaillait à clôturer une parcelle de la propriété destinée au pâturage des moutons. Quand il avait besoin d'un outil, il passait par la cuisine. Mais il n'osait pas toucher ses filles, il avait trop peur de les déranger d'un geste malencontreux. Il était justement penché sur le panier quand retentit le grincement des freins d'une voiture. L'instant d'après, Dafoe poussait la porte :

— Comment va Elzire ? demanda-t-il aussitôt.

— Elle va mieux, Doc'.

Le médecin avait posé sa question en anglais, et Oliva Dionne avait répondu de même. Comme la plupart des Canadiens, le docteur Dafoe était anglophone et, comme beaucoup, de religion protestante. Les Dionne, qui descendaient de colons français, étaient francophones et catholiques. Si Oliva parlait assez bien l'anglais, sa femme ne connaissait que le français.

— Et les bébés ?

Il s'attendait à ce qu'une ou plusieurs des jumelles eussent déjà cessé de vivre, en particulier les dernières-nées qui étaient particulièrement chétives. Aussi, quand la tante Donalda écarta les serviettes chaudes pour montrer à Dafoe cinq petits visages agités de grimaces, ce dernier ne cacha pas sa surprise.

— C'est incroyable ! dit-il pour la deuxième fois de la matinée.

Les bébés bougeaient faiblement, leurs lèvres s'entrouvraient et esquissaient des mouvements de succion. Si ces petites filles voulaient vivre, il était urgent de songer à les nourrir.

Un rapide examen au chevet d'Elzire suffit au docteur pour constater que, si celle-ci allait effectivement mieux et semblait hors de danger, elle n'était pas pour autant en état d'allaiter cinq nouveau-nés. De retour dans la cuisine, il entreprit de fouiller les placards d'où il tira un pot de sirop de maïs. Il en versa deux cuillérées dans une casserole d'eau bouillante. Dans sa sacoche de médecin, il prit un flacon compte-gouttes qu'il vida, puis rinça à l'eau bouillante.

Quand la casserole d'eau sucrée eut un peu refroidi, Dafoe appela la tante Donalda :

— Madame Legros, je vais avoir besoin de votre aide.

Tous deux s'installèrent sur des tabourets de part et d'autre du panier contenant les bébés. À l'aide de la pipette, le docteur fit glisser une goutte du mélange dans la bouche de la fillette qui semblait la plus vigoureuse. Aussitôt, ses cris minuscules s'interrompirent et son agitation se calma. Elle avala une deuxième goutte, puis une troisième, et s'endormit aussitôt après.

— À vous, dit Dafoe à Donalda en lui tendant le compte-gouttes.

Avec application, la tante d'Elzire donna une ration à chacune des autres fillettes, terminant par la plus petite qui s'endormit dès la première goutte.

Pendant l'opération de nourrissage, M. Legros, le mari de Donalda, était entré par la porte de la cuisine. Voyant que l'absence de sa femme se prolongeait, il venait aux nouvelles. Impressionné, il se tint d'abord en arrière, silencieux. Puis, comme le docteur se relevait, il le pressa de questions :

— Cinq bébés à la fois, vous avez déjà vu ça, Docteur ?

— Jamais. C'est extrêmement rare.

— Mais pourquoi sont-ils tellement petits ?

— Elles sont prématurées, c'est-à-dire qu'elles sont nées avant d'avoir terminé leur croissance à l'intérieur du ventre de leur mère.

— Croyez-vous qu'elles s'en sortiront ?

— Nous ferons le maximum.

— Et, excusez-moi, Doc', jusqu'à quand aurez-vous besoin de Donalda ?

— Ne vous inquiétez pas, je vais demander à l'hôpital de North Bay d'envoyer une infirmière pour s'occuper de toute la famille. Vous retrouverez Mme Legros très vite.

« Et voilà, se dit Dafoe quand M. Legros fut reparti, dans une heure, toute la ville sera au courant. »

Dans la soirée, l'infirmière envoyée par l'hôpital se présenta au cabinet du médecin. Elle s'appelait Yvonne Leroux, semblait avoir une vingtaine d'années, et Dafoe la jugea plutôt jolie. Elle avait fait le voyage de North Bay jusqu'à Corbeil en autocar, onze miles en une heure, et n'avait aucune idée de la mission pour laquelle on l'avait désignée. Allan Dafoe, en effet, avait préféré ne rien dévoiler par téléphone du prodige que constituait la quintuple naissance. Ce souci de discrétion était dérisoire, il le savait, la nouvelle se répandrait de toute façon, quelles que soient les précautions qu'il prendrait, et avant longtemps des journalistes se presseraient à la porte de la ferme des Dionne. De toute façon, il était convaincu que les fillettes n'avaient, dans le meilleur des cas, que quelques jours à vivre.

D'un geste, Dafoe désigna à l'infirmière le siège qui se trouvait face à son bureau ; lui-même se renversa dans son fauteuil. Au terme de cette journée, il avait l'impression de sentir le poids des ans peser sur ses paupières, cinquante et une années équitablement réparties au-dessus de chaque œil. Il la mit au courant en peu de mots :

— Des quintuplées, cinq bébés en même temps, le genre de chose qui n'arrive même pas une fois tous les cent ans. Elles sont nées deux mois avant le terme. Je vous demande de faire tout ce que vous pourrez pour les garder en vie. Tenez-les au chaud, au calme, nourrissez-les au compte-gouttes. Je viendrai vous aider aussi souvent que possible, et peut-être qu'ensemble nous parviendrons à sauver les plus robustes.

Tout en parlant, il observait Yvonne, son visage doux, ses grands yeux, son grand front et son grand nez qui lui donnaient un air sage et modeste.

Durant le trajet jusque chez les Dionne, dans le coupé du docteur, elle lui apprit qu'elle était née et avait grandi à deux pas de chez lui.

Bien qu'il fût plus de 21 heures quand ils arrivèrent, le soleil s'attardait encore sur l'horizon. Ils descendirent de voiture, franchirent le portail de bois qui, à en juger par les hautes herbes poussant entre ses lattes, restait toujours ouvert, et entrèrent par la cuisine.

Le panier contenant les bébés était posé sur deux chaises placées devant le four. Assis à la table, Oliva Dionne, Donalda Legros et son mari se partageaient un plat de haricots. Tous avaient l'air fatigués. Par la porte de la chambre entrouverte, on apercevait Elzire endormie. Les dernières mouches arpentaient encore le plancher, les premiers moustiques vrombissaient déjà aux oreilles des arrivants et cherchaient à se poser aux endroits où leur peau, toute parfumée de la sueur d'une longue journée, se trouvait à découvert : le cou, les mains, les chevilles et les mollets. Dafoe montra à la jeune infirmière comment nourrir les petites avec de l'eau sucrée administrée au compte-gouttes. Puis il s'assit pour écouter Dionne et les Legros : ceux-ci racontaient qu'un reporter et un photographe du journal local s'étaient présentés juste avant midi, le premier se faisant narrer les détails de la naissance pendant que l'autre photographiait Elzire et les quintuplées réunies dans le grand lit. L'article avait paru dans l'édition du soir, M. Legros en avait amené un exemplaire qui était ouvert sur la table, entre la cruche d'eau et la casserole où se figeaient les dernières gouttes de sauce. « QUINTUPLE NAISSANCE À CORBEIL », annonçait le titre à la une. « Il n'aura pas fallu longtemps, se dit Dafoe, et ce n'est que le commencement. » Il ne se trompait pas.

Après le départ du docteur, il y eut encore la visite d'un couple de voisins venus demander si on avait besoin de quelque chose. Mais, de toute évidence, leur irruption était motivée par la curiosité. Quand ils eurent fini de s'étonner de la taille minuscule des quintuplées, Yvonne Leroux leur proposa, puisqu'ils voulaient aider, de revenir avec du linge propre, des serviettes, des couvertures, du coton, n'importe quoi pouvant servir à protéger ou nettoyer les bébés, car on manquait de tout dans cette maison. Et c'était vrai : les fillettes entassées dans le grand panier d'osier étaient enveloppées de chiffons, de morceaux de vieux vêtements et d'une couverture qui empestait la naphtaline. Ils promirent d'apporter tout cela le lendemain.

– Et si vous pouviez trouver des langes... leur cria encore Yvonne comme ils quittaient la maison.

Elle vaqua tard dans la nuit, bien après qu'Oliva Dionne fut parti se coucher, passant du chevet d'Elzire, qui se réveillait en gémissant, à la cuisine où elle surveillait les fillettes. Vers 1 heure du matin, deux d'entre elles se mirent à pleurer : elles avaient faim. Leurs cris réunis n'étaient pas beaucoup plus sonores que le vol des moustiques. Le temps que l'infirmière fasse tiédir l'eau sucrée, toutes les cinq étaient réveillées. Quelques gouttes suffirent à les rassasier. Yvonne ralluma la cuisinière qu'on avait laissée s'éteindre, puis y mit de l'eau à bouillir pour la prochaine tétée. Alors seulement, elle se dit qu'il était temps de prendre un peu de repos. Elle n'osa pas s'aventurer dans la maison où, elle le savait, sommeillaient cinq autres enfants. Elle avisa un fauteuil à bascule qu'elle rapprocha du panier et s'y installa, son manteau sur les genoux. L'instant d'après, elle dormait.

Le lendemain commença le défilé des visiteurs. Le matin, plusieurs voisines amenèrent du linge et des couches. En début d'après-midi, ce furent des journalistes venus de Toronto, la capitale située à plus de deux cents miles, qui frappèrent à la porte. Il y eut aussi la visite du docteur Dafoe, qui prescrivit d'ajouter du lait de vache à l'eau sucrée des petites, puis celle d'une infirmière de la Croix-Rouge qui apportait du lait maternel spontanément offert par une femme du comté. Il n'y en avait malheureusement qu'une trop faible quantité pour le partager entre les cinq fillettes, et Yvonne Leroux décida de le donner aux trois plus petites.

Elle s'activait dans un incessant mouvement de personnes qui ne se gênaient pas pour bavarder entre elles. Cela produisait un bruit de fond fatigant pour l'infirmière, mais qui ne semblait pas déranger les petites.

La toilette des quintuplées eut lieu devant les journalistes : après avoir poussé la cuisinière au maximum de sa puissance – il fallait, avait dit le docteur Dafoe, essayer de maintenir une température de trente degrés dans la pièce –, Yvonne Leroux s'installa face à la porte du four ouverte et sortit du panier la fillette placée la plus à gauche. C'était la première-née et la plus grande des cinq. On les avait rangées dans l'ordre de leur naissance, et l'infirmière veillait scrupuleusement à ne pas les intervertir.

3.

Elle était la Première. Poussée par une force mystérieuse, elle s'était engagée seule hors de l'abri qu'elles avaient partagé depuis toujours, pour basculer brutalement dans le froid et la lumière. Ses sœurs l'avaient suivie, mais elles ne parvenaient plus à retrouver le bel ordonnancement selon lequel elles avaient vécu jusque-là, imbriquées les unes dans les autres comme les doigts d'un poing fermé. À présent, les sensations désagréables se succédaient et quand, par accident, la main d'une de ses sœurs frôlait son visage, même ce contact avait quelque chose d'irritant. La faim, le froid, l'attente d'elles ne savaient quoi les tordaient, agitant leurs corps de soubresauts qui parcouraient le panier d'osier comme des vagues. Les cris de ses sœurs, elle les entendait de l'intérieur, car ils étaient l'exacte empreinte de sa propre douleur. Elle n'avait qu'à ouvrir la bouche pour s'en faire l'écho. Lorsque toutes faisaient de même, l'air vibrait à l'unisson de leurs ventres et elles pleuraient sans effort jusqu'à l'épuisement.

Elle commençait à percevoir qu'au-delà du panier, le monde continuait à s'étendre : il y avait des bruits qui n'étaient pas les leurs, si puissants parfois qu'elle se sentait comme soulevée ; il y avait la lumière qui changeait et ces ombres rapides qui s'avançaient ; des odeurs aussi descendaient sur elle, l'enveloppaient, s'emparaient d'elle, la pénétraient en lui serrant la gorge ; et puis il y avait ces mains qui la prenaient parfois. Les mains faisaient couler le liquide tiède et sucré qui la comblait et l'apaisait. Les mains la caressaient, la frottaient, la réchauffaient. Quand les mains l'enserraient, elle ne savait jamais ce qui allait arriver, c'était à chaque fois une chose différente, mais son inquiétude finissait toujours par laisser place au bien-être. Puis les mains la reposaient et prenaient ses sœurs. À la fin, quand toutes avaient été prises, elles s'endormaient, presque aussi calmes qu'autrefois, du temps de l'abri. Ce temps était révolu, elle l'avait déjà compris, elle savait qu'elles n'y retourneraient plus, plus jamais, elles ne pourraient qu'en retrouver le parfum pour quelques instants, comme lorsqu'on les posait sur le grand lit où reposait leur mère.

Elle avait mal. Ses sœurs aussi souffraient, elle le sentait à leur souffle raccourci et retenu, à leur odeur nauséeuse. La douleur était accrochée à l'intérieur, au centre d'elle-même, c'était comme une méchante main qui l'aurait serrée trop fort. De temps en temps, une diarrhée emportait au-dehors un peu de ce malaise, mais le soulagement était fugace et la douleur reprenait rapidement toute sa place. Sous son empire, le monde entier se trouvait changé : le liquide tiède et sucré avait un goût amer, la lumière était brûlante, et les mains elles-mêmes, habituellement si bonnes, lui devenaient insupportables. Cela dura longtemps, jusqu'à ce qu'elle perde toute forme et finisse par épouser celle de la douleur. Et puis, doucement, l'étreinte se relâcha et elle sentit le mal se retirer, la laissant, les laissant épuisées et souillées, mais infiniment plus légères.

Le monde continuait à changer de façon imprévisible. Après les douleurs, elles s'oublièrent dans le sommeil. Bientôt les mains vinrent les y chercher. Quand ce fut son tour d'être saisie, elle sentit couler dans sa gorge une goutte de liquide. Mais cette fois, il ne s'agissait pas d'eau tiède et sucrée aux vertus apaisantes : cette goutte-là explosa en elle avec une puissance extraordinaire, faisant jaillir des profondeurs de son corps un hurlement inouï. Chacune des sœurs reçut une de ces gouttes.

La Première criait si fort qu'elle couvrait les voix des quatre autres, de sorte qu'il lui fallut du temps pour s'apercevoir que certaines n'avaient plus la force de hurler. De l'autre bout du panier ne lui parvenaient que de petits râles plaintifs à peine audibles. Elle redoubla alors de cris, tant pour encourager ses sœurs plus faibles que sous l'effet d'une inquiétude grandissante. Elle y mit toute son énergie jusqu'au moment où, à la force retrouvée de leurs cinq voix réunies, la Première sut qu'elles étaient sauvées.

Le docteur Dafoe tremblait légèrement quand il ramena le compte-gouttes au-dessus de la soucoupe contenant le mélange de rhum et d'eau tiède. Yvonne Leroux, la jeune infirmière, lui prit des mains la fragile pipette de verre avant qu'il ne la brisât.

Dans le panier d'osier posé sur la table de la cuisine, les cinq bébés se tordaient de douleur en miaulant. Leur état de santé s'était dangereusement dégradé : d'abord une entérite, puis une jaunisse à l'issue de laquelle elles étaient tombées dans un état de grande faiblesse. Leurs minuscules narines s'étaient creusées, signe d'une respiration difficile. Leur teint avait ensuite viré du jaune pâle au gris, puis au bleu sous l'effet du manque d'oxygène. En désespoir de cause, Dafoe avait instillé une goutte de rhum dans l'œsophage de chacune pour provoquer la dilatation des voies respiratoires, et cela semblait avoir ramené les fillettes à la vie.

D'un revers de manche, le docteur essuya la sueur qui perlait à son front. Trois jours s'étaient écoulés depuis la naissance des quintuplées, trois jours durant lesquels il n'avait pas dormi plus de quelques heures. En plus des consultations et visites quotidiennes, il passait deux fois par jour à la ferme des Dionne où, malgré toute la bonne volonté d'Yvonne Leroux qui ne dormait sans doute pas davantage, on ne savait plus où donner de la tête. Elzire, la mère des quintuplées, était encore trop faible pour se lever ; Oliva, le père, vaquait aux travaux de la ferme ; la tante Donalda venait deux fois par jour pour s'occuper des autres enfants Dionne et préparer les repas.

Dans la cuisine surchauffée trônait à présent une grosse boîte en bois, don d'un quotidien américain, qu'un camion venu de Chicago avait livrée le matin même. C'était un incubateur d'un modèle ancien, fonctionnant à l'eau chaude, car la ferme ne disposait pas d'installation électrique. Ce soir-là on y plaça les trois plus menues des quintuplées. Les deux autres, faute de place, continuaient à se partager le panier. À chaque instant, des voisins, des journalistes ou de simples curieux frappaient à la porte. L'infirmière était sans cesse obligée d'interrompre les soins aux bébés pour accueillir les importuns. Plus d'une fois, le docteur Dafoe, excédé, s'était retenu de renvoyer les visiteurs avec pertes et fracas.

4.

Assises à la table sous la véranda de la maison des Rivet, Alice et Edith faisaient leurs devoirs : les yeux plissés, penchée par-dessus l'épaule de son amie, Edith fournissait des efforts désespérés pour recopier le travail d'Alice.

– C'est quoi, ce mot ?
– Pétiole.
– Et ça veut dire quoi ?
– C'est la tige d'une feuille d'arbre.
– Pff... tout ça pour ne pas dire la queue. C'est n'importe quoi !

Cependant elle poursuivit sa copie avec application. Sa semaine d'école avait été mouvementée, à tel point que la professeure avait menacé de convoquer ses parents si son comportement et ses résultats ne s'amélioraient pas rapidement. Trois jours plus tôt, en effet, la dispute avec les filles de septième année qui l'avaient appelée « Dents-de-lapin » avait dégénéré : aux récréations, les grandes avaient continué leurs provocations jusqu'à ce qu'Edith en eût les larmes aux yeux. Et le soir, lorsque la brunette aux cheveux courts avait croisé par hasard l'une de ses tortionnaires, elle s'était jetée sur elle pour la bousculer et lui arracher quelques poignées de cheveux. L'autre était rentrée chez elle avec son tablier déchiré ; ses parents étaient allés se plaindre auprès de la directrice qui avait obligé Edith à formuler des excuses. L'incident, en tout cas, semblait avoir fait réfléchir les autres filles qui gardaient à présent leurs distances.

Alice entra dans la maison et ressortit avec deux verres de lait qu'elle posa sur la table. Elle avait plaisir à laisser Edith profiter de son travail. Elle considérait ces emprunts comme un dû, comme si l'amitié qu'Edith lui avait spontanément offerte à son arrivée dans l'école et le quartier était un cadeau qu'elle ne pouvait accepter sans contrepartie.

— Fini pour ce soir, dit la brunette.

Elle repoussa son cahier avec une telle vigueur qu'un journal posé sur la table s'envola et retomba à plusieurs mètres.

— Oups ! fit-elle. Papa Rivet ne sera pas content si j'envoie son journal dans le lac.

Elle se leva d'un bond pour rassembler les feuillets épars.

— Oh ! regarde ça, Lili : cinq d'un coup, pas mal, non ?

Sur une des pages intérieures, une photographie montrait une jeune femme alitée, entourée de cinq minuscules nouveau-nés disposés autour d'elle.

— Cinq jumeaux! proclama Edith. Eux, quand ils iront à l'école, ils pourront faire leurs devoirs à tour de rôle; quatre jours sur cinq, ils n'auront qu'à recopier.

— C'est tout ce que tu trouves à dire? s'amusa Alice.

Elle s'était déjà plongée dans la lecture de l'article.

— On dit des quintuplés, souffla-t-elle, et ce sont des filles. Il paraît que la plus grosse pèse à peine un kilo.

— Les pauvres pommes! Si elles veulent s'en sortir, il faudra qu'elles engraissent un peu.

— J'aimerais bien savoir ce que ça fait de vivre avec quatre sœurs jumelles, reprit Alice. Est-ce que c'est comme avoir quatre amies intimes?

— En tout cas, à l'école, les septième auront intérêt à leur ficher la paix, ou c'est les cinq qu'elles auront sur le dos!

— Non, dit Alice en poursuivant sa pensée, c'est sûrement plus compliqué. Quatre sœurs jumelles, c'est plutôt quatre autres soi-même.

— Bien sûr! Quatre miroirs. Pratique pour se coiffer!

— Tu es bête. Quand même, ce doit être troublant.

— Il me semble que ça m'amuserait, moi. Tu n'aimerais pas avoir ton double en face de toi?

Alice, le front plissé, tendit la main vers son verre de lait qu'elle vida en quelques gorgées.

— Non, dit-elle enfin. Regarde-nous: on est amies, et pourtant on ne se ressemble pas du tout.

— C'est comme ça, c'est le hasard.

— Mais non. Je pense qu'on s'est choisies justement parce qu'on est si différentes.

Edith se rassit face à Alice, coudes sur la table, le menton posé entre ses mains jointes.

— Veux-tu que je te dise quelle est notre principale différence ?

— Il y en a des tas : tu es brune, je suis blonde ; tu es grande...

— Tu n'y es pas, coupa Edith. C'est que moi, j'ai appris à boire mon lait proprement.

Et, d'un pouce rapide, elle effaça deux traces blanches autour de la bouche de son amie. Alice se mit à rire.

— N'empêche, j'ai raison. Si on a en face de soi quelqu'un qui nous ressemble parfaitement, on aura du mal à savoir qui on est soi-même. Je n'aimerais pas être à la place de ces quintuplées.

— Oh là là ! D'abord, ces quintuplées ne se ressemblent déjà pas tant que ça, puisque tu viens de me dire qu'elles ne pèsent pas le même poids. Alors sois rassurée, elles sont différentes. On fait une partie d'élastique ?

Les deux amies jouèrent devant la maison jusqu'au dernier moment. Edith devait être rentrée chez elle pour 18 h 30, et elle partit en courant une minute avant l'heure fatidique. Restée seule, Alice reprit le journal. Pendant plusieurs minutes, elle scruta la photographie des quintuplées, cherchant à discerner des différences entre les cinq petits visages qui émergeaient à peine des draps.

Le soir, à table, elle rapporta l'événement à ses parents. À son grand étonnement, ces derniers n'y portèrent qu'un intérêt limité, et leur seule réaction fut de plaindre les parents des jumelles. Cette nuit-là, Alice eut un sommeil agité, rêvant de courses entre cinq concurrentes identiques, impossibles à départager, car elles couraient toutes exactement à la même allure, et de batailles rangées d'où les cinq ressortaient invariablement victorieuses.

Au soir du troisième jour suivant la naissance des quintuplées, un homme qui avait fait un voyage de sept cents miles depuis Chicago, États-Unis, se présenta à la ferme des Dionne. Oliva était seul dans la cuisine, attablé devant une assiette de bouillie de maïs. Aucun bruit ne s'élevait de l'incubateur ni du panier posé à deux mètres de lui : les fillettes, épuisées, s'étaient endormies. Dafoe était parti jusqu'au lendemain matin, Yvonne Leroux profitait du sommeil des petites pour prendre un peu de repos dans la pièce voisine. La haute silhouette qui se découpait dans l'encadrement de la porte, restée ouverte pour profiter de la fraîcheur du soir, fit lever la tête au fermier.
– Hello, lança l'inconnu.
– Hello, répondit Dionne.
C'était une heure tardive pour une visite, se dit-il, décidément ces journalistes exagéraient. L'homme fit un pas en avant et entra dans le cercle de lumière diffusé par la lampe à pétrole pendue au plafond. Son allure n'était pas celle d'un journaliste, il n'avait ni appareil photo ni carnet de notes, et son costume n'était pas celui d'un homme habitué à travailler sur le terrain. À la main, il tenait une élégante valise en cuir noir.

– Puis-je m'asseoir ? demanda-t-il.

Dionne acquiesça d'un geste.

– Je m'appelle Ivan Spear, dit l'homme. J'ai pris ma voiture aussitôt après avoir appris la nouvelle. Vous êtes le papa ? Toutes mes félicitations !

Dionne grommela un vague merci. Il lui tardait d'aller se coucher et il ne tenait pas à faire durer la conversation.

– J'espère que vous et votre épouse recevez toute l'aide dont vous avez besoin. Cinq bébés d'un coup, voilà qui doit bouleverser un peu vos habitudes, pas vrai ?

D'un coup d'œil circulaire, le visiteur inspecta rapidement la pièce.

– À ce que je vois, vous n'êtes pas riches. Il ne va pas être facile de faire face à la dépense de cinq nouvelles bouches à nourrir. Mais peut-être n'avez-vous pas eu le temps d'y réfléchir ?

Comme Dionne restait silencieux, Spear sortit de sa valise une petite pile de photographies qu'il poussa devant le fermier.

– La naissance de ces quintuplées est un événement d'un intérêt considérable. Je suis membre du comité scientifique de la foire internationale de Chicago qui, comme vous le savez peut-être, œuvre pour rendre la science accessible au plus grand nombre.

Tout en parlant, Ivan Spear étalait les photos devant Dionne. Presque malgré lui, le regard de celui-ci fut attiré par un des clichés : dans une vaste salle qui ressemblait à une étable, une foule de curieux en costume du dimanche se pressait devant une rangée d'armoires métalliques vitrées. À côté se tenaient trois infirmières et un homme barbu en redingote qui semblait s'adresser aux curieux. Ces derniers avaient les yeux rivés sur le contenu des armoires, qu'on distinguait mal sur la photographie. Intrigué, Oliva Dionne parcourut rapidement le reste de la collection jusqu'à trouver un cliché qui montrait une armoire en gros plan : derrière la porte à battants de verre, allongé sur un hamac incliné de façon à le présenter au regard des curieux, reposait un bébé minuscule.

— Ce sont des incubateurs, reprit Spear. Des couveuses, comme on dit.

Il eut un geste en direction du vieil incubateur où dormaient trois des quintuplées.

— La science a fait beaucoup de progrès depuis, vous savez. Les nôtres sont chauffés au gaz naturel, leur température est régulée électriquement : trente-six degrés, pas un de plus, pas un de moins. Et, très important, nous y maintenons un taux d'humidité adapté aux besoins de ces bébés prématurés. Tous ceux que vous voyez sur ces photographies seraient très probablement morts sans le secours de ces appareils et de nos équipes médicales.

Il y eut un moment de silence. Dionne considérait son assiette à présent refroidie.

— Vos filles sont loin d'être tirées d'affaire, monsieur Dionne. Il est évident que leurs chances de survie seraient considérablement améliorées si elles pouvaient profiter de cinq couveuses modernes plutôt que – pardonnez-moi –

de cette pièce de musée qui ne peut même pas les contenir toutes.

— Je m'en doute bien, répondit Dionne. Que me proposez-vous exactement ?

— Confiez-nous vos bébés, et nous mettrons tout en œuvre pour les sauver. Nous vous garantissons une surveillance constante et les meilleurs soins qu'on puisse imaginer. D'ici à deux mois, trois tout au plus, elles seront devenues assez robustes pour quitter les incubateurs, et votre grande famille pourra enfin vivre une vie heureuse.

Dionne se gratta la tête.

— Vous avez dit vous-même que nous n'étions pas riches, et c'est bien la vérité. Combien cela coûtera-t-il ?

— Absolument rien ! reprit Spear vivement. Nous n'avons jamais demandé le moindre *cent* aux parents des prématurés que nous avons élevés. La seule contrepartie que nous sollicitons, c'est l'autorisation de montrer les bébés au public, comme vous le voyez sur ces photos.

— Vous faites payer les gens pour voir des nouveau-nés en couveuse ?

— En dehors de quelques modestes subventions, les visites du public constituent notre seule source de revenus, dit Ivan Spear d'une voix suave. Nous faisons œuvre de bienfaisance, et toutes les recettes sont affectées au bien-être des nourrissons qui nous sont confiés. Les visites sont limitées en temps et soumises à des règles d'hygiène très strictes.

– Il faudrait que j'en parle avec ma femme, répondit Dionne après un silence. Mais il est tard et cela m'ennuierait de la réveiller.

– Bien sûr, monsieur Dionne, je comprends. Nous pourrons reprendre cette conversation demain. Laissez-moi simplement préciser une dernière chose.

Spear expira longuement avant de passer sa langue sur ses lèvres, comme un joueur de poker qui hésite un instant avant d'abattre ses cartes.

– Cela n'est absolument pas notre habitude, mais compte tenu de votre situation et du caractère exceptionnel que présente la venue au monde de quintuplées, nous vous proposons de vous reverser une partie des bénéfices générés par les visites. Et, si cela peut vous rendre service, nous sommes prêts à vous consentir une avance.

Dionne se contenta de regarder les mains de son interlocuteur posées sur la table. Il attendait la suite.

– Deux cent cinquante dollars vous sembleraient-ils une somme convenable ? reprit Spear. Pour commencer, bien sûr...

Spear était reparti pour Callander, la ville voisine où il avait retenu une chambre d'hôtel. Il avait promis de repasser le lendemain avant midi. Allongé à côté de sa femme, Dionne alignait les chiffres dans sa tête. Deux cent cinquante dollars, c'était environ la moitié du prix d'un petit tracteur neuf. Le sien était une épave, et il aurait été bien en peine de le remplacer. Il regrettait de ne pas avoir demandé à Spear à combien il estimait que s'élèveraient les bénéfices des visites.

Elzire respirait d'une façon régulière et apaisée, il n'osait pas la réveiller pour lui parler de la proposition de l'homme de Chicago. À vrai dire, il craignait surtout qu'elle y opposât des objections. Il décida qu'il exposerait d'abord l'affaire au docteur Dafoe et au révérend Routhier, deux hommes instruits et dignes de confiance. Il finit par sombrer dans un sommeil agité de rêves : en arpentant la maison, il découvrait des portes secrètes derrière lesquelles des bébés minuscules étaient sagement assis. Quand il poussait une porte, les enfants tendaient leurs mains vers lui en souriant. Il les prenait dans ses bras et les portait jusqu'à la pièce suivante où d'autres bébés l'attendaient. Dionne les ramassait par poignées, les serrant contre lui, fourrant les plus petits dans ses poches, mais ils étaient si nombreux qu'il ne parvenait pas à les tenir tous. Certains tombaient par terre et, pour ne pas les abandonner là, il les poussait doucement du pied à travers les couloirs.

5.

Le lendemain matin, Oliva Dionne fit part au docteur Dafoe de la proposition de Spear. Le médecin, préoccupé par la jaunisse qui donnait aux fillettes l'apparence de cinq poupées de cire, ne lui prêta qu'une oreille distraite. Il finit pourtant par lâcher : « Il vous propose de l'argent ? Alors prenez-le, nous verrons bien ensuite... » Le fond de sa pensée, qu'il ne pouvait évidemment pas livrer au père, était que les petites ne survivraient pas à cette complication. Dans ces conditions, la signature d'un contrat avec la foire internationale de Chicago n'avait aucune espèce d'importance.

Mais Dionne avait encore des scrupules : il sauta dans sa vieille voiture et fonça vers Corbeil pour demander conseil au révérend Routhier. Celui-ci finissait de se raser. Il fit asseoir Dionne et l'écouta attentivement, l'interrompant de temps à autre pour poser une question. Tout comme le docteur Dafoe, le révérend savait que la mort prochaine des fillettes était une chose à laquelle il fallait s'attendre. Cependant, en sa qualité d'homme d'Église, il s'efforçait toujours à l'optimisme. Il considéra donc que ce contrat pouvait se révéler une chance pour les petites dans l'hypothèse où Dieu leur prêterait vie. Il conseilla à Dionne de revenir le voir avec Spear quand ce dernier se présenterait à nouveau. Le révérend Routhier se proposait de prendre part à la signature du contrat, y apportant sa caution morale en échange d'un petit pourcentage des bénéfices au profit de la construction d'une nouvelle église à Corbeil.

À midi, Oliva Dionne revint frapper chez le révérend, accompagné de Spear, cette fois. Une heure plus tard, les trois hommes apposaient leurs signatures au bas d'un écrit qui promettait à Dionne cent dollars pour chacune des six semaines où ses filles seraient exposées aux yeux des visiteurs de la foire de Chicago, dans des couveuses électriques vitrées. Il recevrait aussi une avance de deux cent cinquante dollars, et dix pour cent des bénéfices. Le révérend Routhier, au nom de la paroisse de Corbeil, percevrait quant à lui sept pour cent des mêmes bénéfices.

Aussitôt après le départ d'Ivan Spear pour Chicago, la nouvelle se répandit que le père des quintuplées avait signé un contrat pour montrer ses filles dans les foires en échange d'argent. La moindre déformation d'un mot peut suffire à changer le sens d'une phrase. Si, à force d'être répétées, les déformations se multiplient, le propos finit par devenir très différent. Ainsi, le soir même, il se disait dans le comté qu'Oliva Dionne allait abandonner l'agriculture pour se consacrer à la profession de patron d'un cirque ambulant à travers les États-Unis.

La vérité était plus ordinaire : quand, après bien des hésitations, Dionne s'était décidé à parler du contrat à sa femme, celle-ci avait refusé de donner son accord. « Que vont penser les gens ? avait-elle dit, que nous abandonnons nos bébés ? » Et Dionne avait rapidement compris qu'il aurait beau chercher, il ne trouverait aucune réponse satisfaisante à lui donner. Les gens de leur entourage, en effet, non seulement pensaient, mais ne se gênaient pas pour partager publiquement leurs réflexions. Et celles-ci n'étaient pas des plus indulgentes : dans les rues de Corbeil, on rivalisait de plaisanteries à propos de la grande fécondité des Dionne, que l'on n'hésitait pas à comparer à un couple de lapins. Les écoliers eux-mêmes se rappelaient l'histoire du Petit Poucet, dont la mère avait eu sept enfants en n'en faisant « pas moins de deux à la fois ». Ils s'amusaient beaucoup qu'Elzire Dionne fît encore plus fort.

Trois jours seulement après avoir rencontré Spear, Dionne se rendit à Callander pour téléphoner à Chicago et annoncer à ce dernier qu'il avait changé d'avis.

En dehors de l'hostilité de son épouse et de la désapprobation du voisinage, un autre élément était venu ébranler la première résolution de Dionne : c'est qu'un vaste mouvement de solidarité semblait s'organiser.

Deux fois par jour, une voiture de la Croix-Rouge venait livrer du lait maternel collecté dans le comté, en quantité suffisante pour l'alimentation des cinq fillettes ; un deuxième incubateur était arrivé le matin même ; le docteur Dafoe avait annoncé le recrutement d'une infirmière supplémentaire ; même les journalistes, qui se pressaient de plus en plus nombreux sous le porche de la petite maison, apportaient des cadeaux pour les bébés et les autres membres de la famille. La panique qui s'était emparée de Dionne les premiers jours laissait place à des sentiments moins pénibles. C'est donc avec soulagement qu'il raccrocha au nez d'un Ivan Spear furieux.

Journal d'Yvonne Leroux, 3 juin 1934

Mme de Kiriline est arrivée hier. Il était temps, je n'en peux plus de fatigue. Mes yeux se ferment aussitôt que je m'assois sur une chaise.

Mme de Kiriline a transformé le salon en nursery : elle a enlevé les meubles et nettoyé la pièce du sol au plafond, avant d'y installer un nouvel incubateur que la Croix-Rouge nous a envoyé. C'est un modèle aussi vétuste que le premier, mais celui-ci possède une fenêtre qui permet de surveiller les bébés sans avoir à ouvrir le couvercle.

Louise de Kiriline était une infirmière de la Croix-Rouge que le docteur Dafoe connaissait bien. D'origine suédoise, elle était arrivée en Ontario quelques années auparavant. Elle était responsable du dispensaire de Bonfield, un village voisin. Toute l'année, par tous les temps, elle sillonnait le comté pour éduquer les écoliers à l'hygiène, visiter les malades à domicile ou aider les femmes à accoucher. L'hiver, lorsque l'épaisseur de la couche de neige ne lui permettait pas de circuler avec sa voiture, c'est en traîneau qu'elle se déplaçait, vêtue d'un immense manteau de fourrure, un casque de cuir enfoncé jusqu'aux oreilles, encourageant d'une voix forte son chien de tête, un husky nommé Buckley.

Quand il s'était avéré, après deux ou trois jours, qu'Yvonne Leroux se trouvait débordée par l'ampleur de la tâche, Dafoe, qui connaissait le goût de Mme de Kiriline pour les défis, lui avait proposé de venir s'occuper des quintuplées à plein temps. La nouvelle de leur naissance avait eu le temps de faire le tour du pays et l'infirmière, comme tous les habitants de la région, avait suivi l'événement dans les journaux. Elle n'avait pas réfléchi plus de quelques heures avant de signifier aux responsables de la Croix-Rouge qu'ils devraient lui trouver une remplaçante au dispensaire de Bonfield.

Aussitôt arrivée à la ferme des Dionne, elle avait pris les choses en main, isolant les petites du reste de la maisonnée et imposant des mesures d'hygiène draconiennes : désormais, quiconque voulait approcher les fillettes devait se laver longuement les mains à l'eau et au savon, et recouvrir son nez et sa bouche d'un masque chirurgical. Cette mesure s'appliquait aussi bien aux journalistes qu'aux membres de la famille Dionne et au docteur Dafoe. De plus, Mme de Kiriline avait décrété que les jeux des frères et sœurs des quintuplées devant la maison soulevaient trop de poussière : ils devaient donc à présent se cantonner à l'arrière du jardin, et n'étaient pas non plus autorisés à jouer près des cordes à linge où séchaient continuellement les langes des petites, en longues guirlandes.

Journal d'Yvonne Leroux, 4 juin 1934

Aujourd'hui, les petites ont reçu des prénoms : Yvonne, Annette, Cécile, Emilie et Marie, par ordre de taille, de la plus grande à la plus menue. J'ai cousu des étiquettes à leurs noms sur leurs vêtements. En fait de vêtements, ce sont des sortes de manteaux que j'ai taillés dans de vieilles serviettes de toilette.

Nous les avons pesées aussi : Yvonne, la plus robuste, pèse 1 300 grammes ; et Marie, la plus petite, seulement 700 grammes !

Leur teint est de plus en plus jaune et le docteur Dafoe ne cache pas son inquiétude.

Je suis morte de fatigue, Mme de Kiriline également. Mais les petites sont vivantes, elles. Et je suis sûre qu'elles s'en sortiront.

Quelques jours plus tard, il fut décidé qu'en dehors d'Ernest, l'aîné, les autres enfants Dionne seraient confiés à Léon et Grace, le frère et la belle-sœur d'Oliva, qui habitaient Callander. Personne à la ferme n'avait réellement le temps de s'occuper d'eux et, plus d'une fois, Mme de

Kiriline s'était querellée avec leur mère qui prétendait leur faire prendre leurs sœurs dans les bras. De plus, malgré les pancartes « Entrée interdite » clouées à la barrière, la maison était en permanence encombrée de visiteurs, et les enfants, faute de place, se trouvaient contraints d'errer à l'extérieur sans surveillance.

6.

Elle ne souffrait plus ; les moments de douleur s'étaient espacés peu à peu, jusqu'à ce qu'elle ait fini par les oublier. Quelquefois, pendant la tétée, il lui arrivait de ressentir une sorte d'inquiétude, comme le vague souvenir d'une brûlure au-dedans. Elle arrêtait de sucer, les sens à l'affût. Puis cela passait, et elle recommençait à aspirer le lait tiède avec plus de plaisir encore.

Elle apprenait. Déjà, elle avait compris que la lumière, régulièrement, semblait s'éteindre, les laissant aveugles comme au temps de l'abri, avant de revenir leur brûler les yeux. Elle aimait cette brûlure-là ; elle aimait aussi l'obscurité qui les poussait, elle et ses sœurs, à se rapprocher les unes des autres. Mais les moments où elles se retrouvaient toutes étaient rares, car les mains, de plus en plus souvent, venaient prendre certaines d'entre elles pour les emporter jusqu'aux matrices. C'étaient des endroits clos aux parois lisses et dures, dans lesquels régnait une douce chaleur. Les bruits du dehors y parvenaient à peine, couverts par le murmure intérieur de ces étranges grottes. Quand elle y séjournait, la Première avait l'impression d'entendre des liquides couler tout autour d'elle, sans qu'elle ne pût jamais les sentir ou les goûter. Ces glouglous la berçaient. Comme au temps de l'abri, il n'y avait rien à faire, rien ne changeait, le sommeil était semblable à l'état de veille. Mais elles n'étaient plus toutes les cinq, et très vite la sensation de manque la submergeait. Elle ouvrait la bouche pour crier. Dans la rumeur des liquides qui circulaient, sa voix se perdait ; elle ne s'entendait pas. Alors elle hurlait, interminablement.

La riposte de Spear ne se fit pas longtemps attendre. Trois semaines après leur dernier entretien, Dionne reçut un courrier du tribunal de Chicago : Spear et ses associés avaient porté plainte, ils exigeaient que le contrat fût honoré. À défaut, ils réclamaient une somme faramineuse au titre de dommages et intérêts. Les jours suivants, les journaux relayèrent l'affaire et l'on vit arriver à la ferme des journalistes moins amicaux que ceux des premiers jours. Ceux-là n'apportaient pas de cadeaux et n'hésitaient pas à se montrer blessants : « Qu'est-ce que ça vous fait d'être mariée à un salaud ? » s'entendit demander Elzire, un matin. Dionne s'énerva, renvoya le journaliste qui choisit évidemment ce moment pour le prendre en photo. Dès le lendemain, le portrait d'Oliva grimaçant, surmonté du titre « LE PÈRE INDIGNE » ornait la une du journal. D'autres reporters, au contraire, affichèrent leur soutien aux Dionne. Mais le mal était fait : à Corbeil, certains habitants ne cachaient pas leur hostilité envers Dionne. Celui-ci prit le parti de se rendre à Callander, où il était moins connu, lorsqu'il avait une course à faire. Le docteur Dafoe se montrait pourtant rassurant, affirmant qu'il rédigerait à l'intention des tribunaux un certificat s'opposant absolument au transport des fillettes, pour raisons médicales. De ce fait, le contrat serait annulé et les poursuites cesseraient. Malgré cela, Dionne sentait l'amertume le gagner. Le soir, après sa journée dans les champs, il lui arrivait d'aller se coucher sans même avoir poussé la porte du salon derrière laquelle les infirmières s'activaient autour des deux incubateurs où les petites, qui prenaient du poids et des forces, commençaient à se trouver à l'étroit.

Étendu sur le dos, il attendait désespérément la venue du sommeil en ressassant les événements récents : la folie des premiers jours, son angoisse à l'idée d'avoir à nourrir une famille devenue deux fois plus nombreuse en l'espace d'une nuit, l'arrivée de Spear, la promesse d'un secours financier inespéré, les conseils du docteur Dafoe et du révérend Routhier ; puis l'opposition d'Elzire, les rumeurs, et enfin sa décision de rompre le contrat signé avec la foire internationale de Chicago. N'avait-il pas fait preuve de sagesse dans cette histoire ? Et de courage ? Pourquoi les gens s'acharnaient-ils ainsi contre lui au lieu de l'aider et de le défendre ? Ému aux larmes, il se levait, gagnait le salon. Il s'approchait des incubateurs en s'efforçant de ne pas faire craquer le plancher. Les pupilles dilatées dans l'obscurité, il parvenait à peine à discerner les silhouettes des bébés derrière la vitre. Il murmurait leurs prénoms, écoutait le chuchotis de l'eau dans la tuyauterie des couveuses. Quand il revenait dans la chambre, Elzire l'attendait, les yeux ouverts.

– Tu ne dors pas ? disait-elle.
– Non. J'étais allé voir les petites.
– Est-ce qu'elles dorment bien ?
– Oui, répondait-il.

Et c'était tout. Il gardait pour lui ses sentiments d'injustice et d'amertume. Pour rien au monde, il ne les aurait partagés avec sa femme. Elle avait tant souffert, la pauvre, elle avait droit au repos. Ainsi pensait-il, tenant la main d'Elzire sous les draps. Elle finissait par se rendormir ; lui veillait jusqu'au matin.

Journal d'Yvonne Leroux, 17 juillet 1934

Ce jour est à marquer d'une pierre blanche : aujourd'hui, les petites ont battu le record de survie de tous les quintuplés de l'histoire. D'après le docteur Dafoe, on a recensé trente-deux cas de naissances de quintuplés au cours des cinq derniers siècles. Aucun groupe entier de quintuplés n'a survécu plus de quelques heures ; et parmi ceux-ci, aucun individu n'a vécu plus de cinquante jours.

Yvonne, Annette, Cécile, Emilie et Marie, ces cinq petites chéries, sont donc devenues les quintuplées les plus âgées de l'histoire de l'humanité. Et, grâce à Dieu, elles semblent capables de continuer à tenir bon.

Quelques jours avant l'ouverture du procès de Chicago, un fonctionnaire du gouvernement ontarien se présenta chez Dionne. En termes posés, l'homme lui annonça que le gouvernement était décidé à intervenir pour faire cesser les poursuites à son encontre et lui épargner une lourde condamnation. Il s'agissait de mettre en place, autour des jumelles, une tutelle juridique composée du docteur Dafoe, d'un ou deux autres citoyens respectables de Corbeil ou Callander et d'un responsable de la Croix-Rouge, le tout sous la très haute autorité du Premier ministre de l'Ontario. De cette manière, la responsabilité du gouvernement se substituerait à celle de Dionne, et il ne ferait alors aucun doute que Spear et ses associés abandonneraient la partie. Une fois le danger d'un procès écarté, Oliva Dionne pourrait intégrer à son tour le groupe des tuteurs. Dionne, fatigué, ébranlé par l'hostilité générale, ne posa aucune question. Quand l'employé du gouvernement ajouta qu'un budget spécial serait prochainement débloqué pour couvrir l'ensemble des frais liés à l'entretien des quintuplées, il se confondit en remerciements. Et, refermant la porte derrière le visiteur, il songeait déjà que, grâce à cette aide, la perspective de s'offrir un tracteur neuf lui souriait à nouveau.

Le procès ne fut bientôt plus qu'un lointain et mauvais souvenir. Le groupe des tuteurs fut présenté à la presse : « Cette assemblée de sages protégera farouchement les quintuplées contre toute nouvelle tentative d'exploitation commerciale », put-on lire dans les journaux.

Le docteur Dafoe ne tarda pas à réunir les nouveaux tuteurs pour réfléchir à la construction d'une pouponnière. À présent que les chances de survie des fillettes semblaient se préciser, il devenait nécessaire de disposer d'un endroit mieux adapté que la petite ferme des Dionne à l'élevage de cinq bébés, estimait-il. La vie de la famille se trouvait en effet profondément perturbée, entre la réquisition du salon et l'éloignement forcé des frères et sœurs des quintuplées. Les conditions d'hygiène, malgré tous les efforts de Mme de Kiriline, étaient loin d'être satisfaisantes. Les parents des petites n'étaient autorisés à voir leurs filles qu'une fois par jour, après avoir revêtu blouse blanche, masque et chaussons, et encore n'avaient-ils pas le droit de les prendre dans leurs bras.

Dafoe sut se montrer convaincant : on édifierait la pouponnière de l'autre côté de la route, en face de la maison, à une centaine de mètres à peine, sur un terrain qui appartenait à Oliva. Le bâtiment disposerait de tout le confort souhaitable, notamment l'électricité et le téléphone. Le docteur Dafoe insista particulièrement sur ce point, c'était l'occasion pour les Dionne d'en bénéficier également pour un coût presque nul, l'État prendrait en charge la totalité des travaux. Les infirmières seraient logées dans un bâtiment annexe. Les parents, ajouta le docteur, seraient libres de s'y rendre aussi souvent qu'ils le souhaiteraient.

Dix jours plus tard exactement, des engins de terrassement commencèrent à creuser les fondations de la pouponnière Dafoe.

7.

Le 21 septembre 1934, les quintuplées, pour la première fois de leur courte existence, sortirent de la ferme où elles étaient nées. C'était une journée ensoleillée mais déjà fraîche pour la saison, les fillettes avaient donc été emmitouflées dans d'épaisses couvertures de laine. L'une après l'autre, les infirmières les portèrent jusqu'à la voiture du docteur Dafoe qui attendait, moteur tournant, devant la barrière de la ferme. La voiture emporta d'abord Yvonne, Annette et Cécile, jusqu'à la pouponnière fraîchement bâtie qui s'élevait à cent mètres de là. C'était un court voyage, mais le docteur Dafoe avait tenu à prendre le maximum de précautions pour le transport des fillettes, qui souffraient d'une infection intestinale. Des photographes étaient venus, ils attendaient devant la ferme la sortie d'Emilie et Marie. La voiture revint se garer, Mme de Kiriline et le responsable local de la Croix-Rouge apparurent sur le perron, tenant dans leurs bras les deux jumelles les plus menues dont les visages étaient cachés sous les couvertures. Aux photographes qui demandaient qu'on les dégageât, les infirmiers ne répondirent pas et se contentèrent de sourire. Les journalistes se résignèrent à photographier les petits paquets d'étoffe qui auraient aussi bien pu envelopper des bûches de bois. Les photos en première page du journal feraient quand même monter les ventes. Depuis la naissance des quintuplées, il ne se passait pas une semaine sans que les gazettes ne parlent des Dionne, et on s'arrachait les numéros illustrés de nouveaux clichés. Ce feuilleton passionnait des milliers de lecteurs, bien au-delà des frontières de l'Ontario.

Les journalistes emboîtèrent le pas à la voiture du docteur qui roulait à vitesse réduite pour éviter les cahots. Une clôture métallique de deux mètres de haut entourait la pouponnière. Un gardien en uniforme ouvrit les battants du portail au passage de l'auto, puis les referma devant les journalistes qui protestèrent en vain. Avant de s'éloigner, ils prirent encore quelques photos de la construction flambant neuve. C'était un vaste bâtiment en forme de T, aux murs blancs percés de nombreuses fenêtres, bien plus grand et bien plus élégant que la ferme des Dionne. Il comprenait un dortoir pour les fillettes, une salle de jeux, une cuisine, une salle à manger, une salle de soins aseptisée. Un peu à l'écart s'élevait une maison d'habitation pour le personnel : gardien, infirmières, gouvernante et cuisinière.

Les choses avaient changé, encore. Cette fois, elle ne reconnaissait plus la lumière, ni les bruits, ni les senteurs qui les entouraient, elle et ses sœurs. Quand celles-ci criaient, leurs voix semblaient lointaines. C'était comme si l'espace s'était brusquement agrandi.

Même les mains n'étaient plus pareilles, leur odeur, les sensations au contact de leur peau changeaient constamment. Parfois, c'étaient les bonnes mains du début, douces et chaudes, qui la portaient avec délicatesse, lui donnaient le lait tiède, lui massaient le ventre ou lui touchaient le front ; d'autres fois, les mains devenaient grandes et sèches, elles la serraient plus fort, la transportaient avec des à-coups et des accélérations qui la faisaient suffoquer. Elles pouvaient aussi se montrer tremblantes et molles, comme si elles ne savaient que faire d'elle ; quelquefois leur odeur devenait forte et lui faisait tourner la tête.

Au fil des jours, elle comprit que les mains ne se transformaient pas. Non, elles étaient toujours les mêmes, mais elles étaient nombreuses. Elle se mit à observer, avec beaucoup de curiosité, le visage qui se penchait sur elle lorsque des mains la prenaient. Chaque paire de mains avait un visage, toujours le même : celui des bonnes mains du début était d'un ovale très doux ; les longues mains sèches appartenaient à un visage pointu ; les petites mains molles et tremblantes étaient celles d'un visage rond et plissé, entouré de touffes blanches.

Bientôt elle devint capable de reconnaître les mains à leur voix. Elle n'avait pas besoin de voir les visages, il lui suffisait d'écouter pour les identifier : les mains douces avaient une voix douce ; les longues mains, une voix qui étirait les sons avant de les interrompre brusquement dans un claquement sonore ; les mains tremblantes parlaient d'une voix également tremblante.

Enfin, elle réalisa que les mains se succédaient selon un ordre précis : quand la lumière revenait après la nuit, elle attendait que les mains douces la prennent pour lui donner du lait. À côté, elle entendait les mains longues s'occuper de sa sœur, la Seconde. Une fois repue, elle avait encore le temps de percevoir que les mains douces prenaient sa sœur, la Troisième, qui réclamait sa part. Puis elle sombrait dans le sommeil.

Plus tard, c'était le moment des soins. Les mains douces revenaient pour l'emporter jusqu'à une vaste étendue blanche où elles l'étendaient sur le dos. Alors arrivaient les mains tremblantes qui descendaient sur elle. Durant de longs instants, ces mains la palpaient, étiraient ses membres, pressaient son ventre... Les premiers temps, elle avait protesté contre ces agissements, criant et essayant de se détourner – en vain. Puis, comme les gestes des mains tremblantes se répétaient chaque jour à l'identique, elle s'y était habituée et avait cessé de pleurer. Pendant que les mains la touchaient, elle s'efforçait désormais de capter l'attention du visage penché sur elle. Parfois même, elle poussait un petit cri, et la voix tremblante semblait lui répondre.

Dans la nouvelle pouponnière, le docteur Dafoe organisa la vie des quintuplées selon un emploi du temps qui ne laissait aucune place à l'improvisation : le lever, les repas, les soins, les moments de repos avaient lieu à heure fixe. Chaque jour à 9 heures, Dafoe procédait à un examen complet de chacune des petites. Les résultats des pesées et des mesures étaient soigneusement reportés dans un registre spécial et, à la fin de la semaine, le médecin complétait des graphiques illustrant la croissance des fillettes.

Yvonne, Annette et Cécile étaient à présent de beaux bébés aux joues rebondies. Emilie et Marie, bien qu'en bonne santé également, restaient menues et paraissaient petites à côté de leurs sœurs. En plus de ces différences de gabarit, les fillettes commençaient à exprimer des traits de caractère qui les distinguaient les unes des autres : Cécile était un bébé calme, elle attendait son tour de tétée sans impatience, puis vidait son biberon jusqu'à la dernière goutte. Marie, au contraire, commençait à s'agiter et à geindre dès la préparation du biberon et s'endormait en général vers la moitié. Emilie était gaie et cherchait toujours, par ses gazouillis ou son sourire, à attirer l'attention de la personne qui s'occupait d'elle. « Celle-ci sera espiègle », répétait le docteur Dafoe.

Régulièrement, les parents des petites venaient les voir. Engoncés dans des blouses blanches, Elzire et Oliva tentaient non sans mal de trouver leur place dans la routine de la pouponnière. Lorsqu'Elzire s'essayait à langer une de ses filles, elle était partagée entre fierté et gêne. Si une infirmière s'avançait pour l'aider, elle esquissait un geste nerveux pour la repousser. Elle avait conscience de sa maladresse, mais était par-dessus tout soucieuse de ne pas être prise en défaut. Oliva s'en rendait bien compte, et pour la défendre il rabrouait les infirmières : « Ce sont nos filles, nous sommes tout à fait capables de nous occuper d'elles ! » Il en était cependant moins sûr qu'il ne le disait et, de ce fait, parlait plus haut qu'il ne l'aurait voulu. Quant aux frères et sœurs des quintuplées, qui avaient retrouvé leur maison après un séjour de trois mois chez leurs oncle et tante, le docteur Dafoe avait décrété que leur visite aurait fait courir aux bébés le risque d'une contamination par des germes pathogènes. Il promit cependant qu'ils seraient autorisés à venir pour Noël.

À la fin du mois d'octobre, le médecin jugea que les petites étaient assez robustes pour se nourrir de lait de vache. Leur appétit croissant était en effet tel que le lait maternel, patiemment récolté par la Croix-Rouge, n'y suffisait plus. Et, l'hiver approchant, l'enneigement de la région rendrait bientôt l'approvisionnement difficile. De fait, les premiers flocons tombèrent dès le 29 octobre.

Ce jour-là, comme tous les autres jours, on ne dérogea pas à la promenade en landaus à deux et trois places, de 11 h 15 à 11 h 35, dans l'enceinte clôturée du jardin de la nursery. Les fillettes, coiffées de bonnets de laine, le nez couvert d'un cache-nez tricoté, goûtèrent à la sensation nouvelle des cristaux de neige tombant sur leurs pommettes et leurs paupières. Derrière le grillage stationnaient comme à l'accoutumée quelques voitures : des curieux, parfois venus de loin, attendaient l'heure de la sortie quotidienne des petites et l'occasion de les apercevoir ou, peut-être, de les photographier. Dès qu'ils virent les landaus, les visiteurs descendirent de voiture en faisant claquer les portières et hélèrent les infirmières. Celles-ci, habituées à être ainsi dérangées, tournèrent à peine la tête et poursuivirent leur parcours à bonne distance des grilles. Déçus, les curieux ronchonnaient, mais ils n'osèrent pas manifester ouvertement leur mécontentement, à cause de la présence du gardien en uniforme.

Journal d'Yvonne Leroux, 30 octobre 1934

Les petites ont été baptisées. Pour l'occasion, elles portaient des robes et des jupons blancs, avec des gilets et des chaussons en tricot rose. La cérémonie s'est déroulée dans la salle de jeux. Cécile était dans les bras de sa maman, Annette dans ceux de son papa, le docteur Dafoe portait la petite Marie, Emilie était avec Mme de Kiriline, quant à moi, je tenais ma chère Yvonne. Lorsque le prêtre a déposé le sel sur leurs langues, toutes ont fait de drôles de grimaces, mais personne n'a pleuré.

3 décembre 1934

Aujourd'hui, nous avons eu une séance de photos de Noël, avec déballage de cadeaux avant l'heure. Papa et Maman Dionne étaient là, tout excités, tournant autour des appareils et jouant avec les petites. Parmi les cadeaux, il y avait un landau pour poupée dans lequel ils ont installé la petite Marie, avant de la promener à travers la pièce.

Quand le docteur Dafoe a fait son apparition en costume de Père Noël, nous avons tous éclaté de rire.

Une équipe avec une caméra était également présente, ils préparent un reportage pour les actualités cinématographiques. Je suis sûre que les petites crèveront l'écran.

L'avant-veille de Noël, Dafoe se rendit à North Bay en fin d'après-midi. Il lui fallut une bonne heure pour parcourir les onze miles de route cabossée et enneigée au volant de son vieux coupé. Cela faisait déjà une semaine que le reportage sur les quintuplées était diffusé au cinéma de la ville en première partie du film *Cléopâtre*. Plusieurs de ses patients l'avaient vu et lui en avaient parlé. Le médecin les avait écoutés d'une oreille distraite, se disant qu'il irait à North Bay un de ces jours, s'il avait le temps. Il lui semblait que se précipiter au cinéma pour voir sa propre image sur l'écran aurait été le signe d'un manque de modestie. Il avait donc attendu quelques jours avant de s'autoriser ce voyage et, à son grand étonnement, il se sentait nerveux et impatient en garant son auto dans la rue principale de la petite ville.

C'était presque l'heure. Heureusement, la file d'attente devant le cinéma était courte. Le générique des actualités cinématographiques retentit juste comme il entrait dans la salle. À la lueur de sa torche électrique, l'ouvreuse le conduisit jusqu'à un fauteuil de la troisième rangée. La projection commença par un reportage sur la création de la Banque centrale du Canada, dont les citoyens étaient invités à acheter des actions. Il en allait, disait le ministre des Finances, de l'intérêt du pays et du retour de la prospérité perdue. Les spectateurs écoutaient silencieusement son discours. Dafoe se promit de souscrire à quelques actions. Ses revenus le lui permettaient et il savait, pour les côtoyer chaque jour, que beaucoup de ses concitoyens n'avaient pas sa chance. Vinrent ensuite les informations sportives. L'équipe des Imperials de Sarnia, une ville du sud de l'Ontario, avait remporté le championnat de football canadien. On vit quelques images de la fin du match sous une averse de neige : casqués, habillés de maillots rayés et de caleçons longs, les joueurs se jetaient violemment les uns contre les autres, puis tombaient à la renverse sur le sol gelé. Dans la salle, les spectateurs commencèrent à s'animer, on entendit quelques applaudissements au moment de la remise du trophée.

Un fondu au noir et un air de violon ramenèrent le calme dans l'assistance. « Les quintuplées Dionne, les bébés les plus célèbres du monde, fêteront bientôt leur premier Noël, claironna le commentateur. Notre équipe, invitée à leur rendre visite, a pu surprendre la pouponnière en pleins préparatifs. » L'écran s'éclaira sur la vue du chemin d'accès à la nursery. La voiture de Dafoe apparut, ralentit, puis s'arrêta face à la caméra. « Comme chaque matin depuis la naissance des cinq fillettes, leur médecin personnel, le docteur Dafoe, vient les saluer et s'assurer qu'elles sont toujours en pleine forme », continua la voix dans le haut-parleur. La portière du coupé s'ouvrit vivement pour laisser sortir le médecin. Il sourit à l'intention de la caméra, claqua la portière et s'élança d'un pas alerte vers la pouponnière. Malheureusement le bas de son manteau, coincé dans la portière, le retint brusquement dans son élan. On le vit vaciller, ses pieds dérapèrent sur la neige tassée. Durant quelques instants, il sembla danser sur place, ses jambes s'agitant frénétiquement sous lui, son chapeau tressautant sur sa chevelure blanche. Il allait tomber. Au dernier moment, sa main parvint à prendre appui sur la carrosserie. Il se redressa, rouvrit la portière, dégagea le pan de son manteau, referma la portière, rajusta son chapeau, sourit à nouveau à l'objectif. Dans le cinéma, les spectateurs riaient comme devant un film burlesque. Dafoe se sentit rougir et s'enfonça dans son fauteuil. Il se souvenait de cet incident. Le jour du tournage, il n'avait pas osé demander au journaliste de recommencer la séquence ; il le regrettait à présent. La suite du reportage le montrait plus à son avantage : en blouse blanche, un masque chirurgical sur le visage, il auscultait une des petites avec des gestes précis et assurés. « Mais aujourd'hui, reprit le commentateur, le docteur Dafoe est investi d'une mission très spéciale... une mission de Noël ! » Rouge de confusion, la sueur aux tempes, Dafoe vit son double à l'écran revêtir le costume de Père Noël trop étroit que l'équipe de tournage lui avait apporté. Boudiné dans la veste rouge qui mettait son ventre en évidence, une barbe miteuse collée sur la figure, il disposait des cadeaux sur les lits des fillettes qui restaient impassibles.

La lumière revint dans la salle. C'était l'entracte. L'ouvreuse reparut, portant un plateau d'osier garni de confiseries. Dafoe, effrayé à l'idée d'être reconnu, resta immobile, le regard fixe.

Personne ne lui prêta attention. Pourtant, s'il s'était retourné, sa ressemblance avec le personnage qui venait de s'illustrer à l'écran n'aurait probablement pas échappé à une jeune spectatrice assise quelques rangs derrière lui. C'était Alice Rivet, venue avec ses parents qui lui avaient fait la surprise d'une sortie au cinéma.

Depuis l'annonce de la naissance des quintuplées, la jeune fille avait guetté chacune de leurs apparitions dans le journal que son père ramenait chaque soir à la maison, après son travail. Elle avait pris l'habitude de découper les articles et se trouvait à présent à la tête d'une collection d'une douzaine de photographies représentant les fameuses fillettes. Alice connaissait leurs prénoms et affirmait être capable de distinguer Marie, la plus petite, et Annette, qu'elle trouvait la plus jolie. Elle s'était sentie follement excitée lorsque le reportage avait commencé mais, à la fin, elle se trouva presque déçue : on n'avait pas vu les quintuplées plus de trente secondes, et surtout elles étaient presque aussi immobiles que sur les photographies. Bien sûr elles n'étaient que des bébés, et Noël ne signifiait rien pour elles, mais pourquoi ne réagissaient-elles pas au moins aux facéties du vieux docteur en habits rouges ? Son père la tira brusquement de ses pensées pour lui proposer un chocolat glacé. Autour d'eux, les spectateurs s'agitaient, discutaient, détendaient leurs jambes ou se levaient pour aller saluer des connaissances. La glace était bonne, elle se sentit réconfortée. Il y avait quelque chose de joyeux dans l'atmosphère. Elle se dit finalement que les quintuplées avaient dû être intriguées par les projecteurs, les caméras et tous les opérateurs empressés autour d'elles, comme n'importe quel autre bébé l'aurait été, et que leur passivité était bien naturelle. Elles étaient certainement des fillettes comblées, entourées d'attentions constantes et de tout l'amour de leurs parents.

Bientôt, le noir se fit à nouveau dans la salle, et la musique aux accents orientaux du film *Cléopâtre* retentit. Alice se laissa aller en arrière dans le profond fauteuil.

Quelques rangées plus loin, le docteur Dafoe se détendit aussi. Bercé par les images animées, mais indifférent à l'histoire, le médecin laissa son esprit vagabonder librement, considérant combien sa vie avait changé depuis la naissance des jumelles.

En plus du suivi médical quotidien qu'il leur dispensait, ses responsabilités de tuteur lui prenaient beaucoup de temps. Il ne donnait presque plus de consultations à son cabinet. Il avait dû trouver un associé pour assurer les tournées à sa place. Les demandes d'interview se multipliaient, à tel point qu'il devait parfois en refuser. Il appréciait par contre qu'on sollicite son avis sur la meilleure façon d'élever les jeunes enfants. Il avait d'ailleurs reçu une invitation pour donner une série de conférences à Washington sur ce thème, et on lui avait laissé entendre que le président des États-Unis envisageait de le recevoir à cette occasion.

C'était une nouvelle vie exaltante, mais aussi fatigante, et certains soirs il lui arrivait de se sentir épuisé. « Mais qui mieux que moi saurait se montrer à la hauteur de cette tâche exceptionnelle ? se disait-il alors. Pas les parents des fillettes, en tout cas. Ce sont de braves gens, mais ce pauvre Dionne est complètement dépassé. Je ne le lui reproche évidemment pas. Quant à l'État, n'en parlons pas : même avec les meilleures intentions, la machine bureaucratique est sourde, aveugle et incapable de sentir finement les choses. » Il hochait la tête dans la salle obscure. « Non, ce qu'il faut à ces petites, c'est quelqu'un de fort, de calme et de dévoué. » Et, pensant cela, il ne doutait pas que c'était parce qu'il possédait toutes ces qualités que le gouvernement d'Ontario l'avait choisi, lui, pour être le principal tuteur des fillettes. Les premières notes du générique de fin de *Cléopâtre* le ramenèrent à lui. Il se leva aussitôt et se retrouva dehors avant même que les lumières de la salle ne fussent rallumées.

Alice et ses parents restèrent assis jusqu'à ce que la musique s'achevât ; ils quittèrent le cinéma parmi les derniers. Le temps était froid mais calme, avec quelques flocons descendant doucement dans la lueur des réverbères. En remontant la rue principale, Alice se demanda si un jour elle aurait l'occasion de voir les quintuplées pour de vrai. Après tout, Corbeil n'était pas si éloigné.

Journal d'Yvonne Leroux, 24 décembre 1934

Nous nous activons pour préparer Noël. Les petites sont très attirées par l'arbre et ses lumières.

26 décembre 1934

Toute la famille Dionne est venue pour un goûter de Noël. Nous avions installé des bancs dans la nursery pour que les enfants puissent s'asseoir près de leurs sœurs. Ils étaient ravis et ont passé beaucoup de temps à essayer de les reconnaître et d'appeler chacune par son prénom.

8.

L'hiver passa. À Corbeil, sous les plaques de neige qui n'en finissaient pas de fondre, le sol frémissait. Les quintuplées, entourées de soins attentifs, approchaient doucement de leur premier anniversaire. Chaque jour ou presque, elles recevaient la visite de leurs parents. Cependant, comme l'une ou l'autre était souvent enrhumée, ces derniers étaient rarement autorisés à les prendre dans leurs bras.

Au mois de mars, le gouvernement de l'Ontario montra qu'il s'intéressait toujours de près au sort des fillettes : un projet de loi proposant d'en faire des pupilles de l'État fut présenté au parlement. Si cette loi était adoptée, Oliva perdrait l'autorité paternelle sur ses filles. Les Dionne étaient effondrés. Le premier mouvement d'Elzire, en apprenant la nouvelle, fut de courir à la pouponnière. Elle y trouva le docteur Dafoe qui la rassura : rien ne changerait, elle resterait libre de venir voir ses filles à la nursery comme auparavant, lui dit-il. Oliva fut moins facile à apaiser. Il n'avait qu'un mot à la bouche : « Pourquoi ? » Était-ce parce qu'il avait, à plusieurs reprises, exprimé son désaccord sur le fonctionnement de la pouponnière ? Sommé de répondre, Dafoe resta évasif, assurant au père en colère que seuls le préoccupaient le bien-être et la santé des petites. « Alors pourquoi ? » tonnait Dionne. C'était cette affaire de la foire de Chicago, certainement. On lui avait menti, il avait été roulé par l'État qui, dans cette histoire, n'avait cherché qu'à écarter les parents des cinq petits phénomènes pour détourner à son profit les bénéfices de leur célébrité. Il écumait. Il engagea un avocat et abandonna la ferme durant plusieurs jours pour se rendre à Toronto. L'avocat et lui rencontrèrent des fonctionnaires qui les écoutèrent et promirent d'intervenir. Ce fut peine perdue. Le jour dit, la loi fut votée : Yvonne, Annette, Cécile, Emilie et Marie Dionne devinrent officiellement les enfants de l'État. Celui-ci veillerait désormais à « protéger leur santé fragile et éviter toute forme d'exploitation commerciale », énonçait le communiqué diffusé dans les journaux.

Ce fut le début d'une période de tensions entre les parents des quintuplées et le personnel de la pouponnière. Elzire prit l'habitude de s'y présenter à n'importe quelle heure. En rendant ses visites imprévisibles, elle cherchait l'occasion de prendre les infirmières en faute. Les relations étaient d'autant plus compliquées qu'elle ne comprenait que le français et qu'à l'exception d'Yvonne Leroux, les membres de l'équipe étaient anglophones. Le docteur

Dafoe finit par mettre le holà à ces visites surprises : bientôt, un nouveau règlement intérieur décréta que, pour le bien des quintuplées, les visiteurs ne seraient plus reçus que de 9 heures à 12 heures et de 14 heures à 17 heures.

Avec le retour des beaux jours, c'est par centaines que les visiteurs se pressaient désormais autour des grilles qui entouraient la pouponnière. Encouragé par l'État, le Comité de tourisme de la région de North Bay avait édité un luxueux dépliant : « CINQ RAISONS DE VISITER NORTH BAY », proclamait le titre, au-dessus d'un portrait des fillettes. Au verso, sur une carte de la région, un cercle rouge indiquait l'endroit où l'on pouvait voir « la maison des quintuplées ». Cent mille dépliants avaient été distribués aux quatre coins du pays et jusqu'aux États-Unis. Dans le contexte de crise économique qui frappait durement le continent tout entier, cette affluence de visiteurs représentait une véritable aubaine pour l'hôtellerie locale. Le gouvernement pria l'équipe des tuteurs d'organiser l'accueil des touristes à la pouponnière. Toutes ces personnes qui venaient de loin ne devaient à aucun prix être déçues et il convenait, dans la mesure du possible, de leur permettre de voir les prodigieux bébés dans de bonnes conditions. On aménagea donc, dans le hall d'entrée de la pouponnière, une fenêtre vitrée donnant sur la salle de jeux où l'on installait les fillettes lorsqu'elles ne dormaient pas.

Journal d'Yvonne Leroux, 2 avril 1935

Deux fois par jour, un flot de visiteurs envahit la pouponnière. Ils regardent les petites depuis la fenêtre d'observation du hall, puis s'en vont par la porte de la cuisine. Malgré nos recommandations : « ne frappez pas sur la vitre, ne cherchez pas à attirer l'attention des bébés, ne faites pas de grimaces », les gens ne peuvent s'empêcher de manifester leur joie et leur étonnement. À chaque fois qu'une des petites bouge, on entend des cris derrière la vitre. Je crois que les bébés commencent à se rendre compte de leur présence.

Certains visiteurs semblent impressionnés par la bonne mine et les belles joues rouges des petites. J'ai entendu une femme dire à son mari : « Je suis sûre qu'ils les maquillent ! »

10 avril 1935

Le docteur Dafoe a ordonné qu'on ne laisse plus entrer aucun visiteur. Les gens ne se gênaient plus pour crier et frapper du poing contre la vitre, et les interventions du gardien n'y changeaient rien. Depuis plusieurs jours, il devenait évident que les bébés étaient perturbés par cette agitation.

Le retour du calme est une bénédiction, tout le monde ici est plus serein. Aujourd'hui, nous avons étalé des couvertures sur le plancher de la salle de jeux, et avons laissé les petites se rouler par terre. Elles prennent des positions comiques et semblent y trouver beaucoup de plaisir. Yvonne et Annette ont inventé un jeu amusant : elles roulent jusqu'à toucher les murs ; quand nous les ramenons au centre de la pièce, elles s'empressent de rouler à nouveau jusqu'aux murs, et ainsi de suite.

Quelques jours avant le premier anniversaire des quintuplées, les yeux d'Emilie se mirent à larmoyer et son nez à couler. Le docteur Dafoe diagnostiqua un rhume et interdit provisoirement toute visite, y compris celle des parents. Malgré ces précautions, les quatre autres fillettes tombèrent malades à leur tour. On les garda au lit plusieurs jours, enfouies sous des monceaux de couvertures. Elles étaient à peine capables de déglutir le lait de leur biberon et respiraient avec difficulté. Les infirmières se relayèrent à leur chevet jour et nuit, tant on craignait que l'une d'elles ne s'étouffe.

Elles finirent pourtant par aller mieux, excepté Marie. La plus menue des cinq, épuisée, en proie à une forte fièvre, gémissait continuellement. En dépit des efforts prodigués par l'équipe, rien ne semblait pouvoir la soulager. Redoutant le pire, le docteur Dafoe décida d'appeler par téléphone un pédiatre de Toronto.

Oliva Dionne ouvrit les yeux : une auto passait au ralenti sur la route, en pleine nuit. Il entendit la voiture s'arrêter devant la ferme, moteur tournant, puis repartir et stationner à nouveau un peu plus loin, là où se trouvait la pouponnière. Le conducteur semblait hésiter. Dionne se glissa hors du lit pour aller à la cuisine. Un coup d'œil à la pendule lui apprit qu'il était 2 heures du matin. Par la fenêtre il pouvait distinguer les feux arrière de la voiture devant les grilles de la pouponnière. Il vit le halo de la torche électrique du gardien s'avancer, éclairer l'intérieur du véhicule. L'instant d'après, le grand portail s'ouvrit avec un grincement et le véhicule disparut dans l'allée. C'était la première fois que Dionne observait une activité nocturne à la nursery. Pour que le gardien laisse entrer cette auto, il devait se passer des choses graves, se dit-il. Depuis plus d'une semaine, les quintuplées étaient en quarantaine. Sa femme et lui n'avaient pas l'autorisation de les voir et les seules nouvelles que leur donnaient les infirmières se résumaient à quelques phrases : « elles vont mieux, mais Marie est encore malade », « il faut attendre quelques jours ».

Il but un verre d'eau qui acheva de le réveiller. Il savait qu'il ne parviendrait plus à se rendormir. Il fit les cent pas dans la cuisine, déplaçant un objet de temps en temps, espérant que sa femme l'entendrait et viendrait le rejoindre. Mais la maison restait silencieuse. Il finit par aller se recoucher, mais s'agita si bien sur l'oreiller qu'Elzire se redressa à son tour.

— Une voiture est arrivée à la pouponnière, dit Oliva. Elle m'a réveillé.

— Qui crois-tu que ce soit ? répondit sa femme.

Dionne laissa ses mains ouvertes tomber lourdement sur le matelas.

— Comment le saurais-je ? On ne nous dit jamais rien. J'irai aux nouvelles quand il fera jour.

— C'est vrai que nous ne sommes pas informés correctement, reprit Elzire. Souvent, j'ai l'impression que le médecin et les infirmières se moquent complètement de savoir ce que nous ressentons. Et lorsque j'entends dire que nos filles sont les bébés les plus célèbres du monde, je pense que moi, je suis la mère la plus malheureuse au monde.

La gorge soudain serrée, Dionne s'imagina bondissant de son lit, courant jusqu'à la pouponnière, escaladant le haut portail et jaillissant furieusement à l'intérieur de la nursery parmi les infirmières terrorisées.

— C'est ignoble ce qu'on nous fait subir, articula-t-il.

— Je croyais que le docteur Dafoe était un brave homme, reprit Elzire, mais il n'est qu'un hypocrite.

Elle se mit à pleurer.

— La pire, c'est cette Mme de Kiriline, répliqua Dionne. C'est avec elle que tout a commencé : les blouses blanches, les masques, l'interdiction de toucher nos propres filles. Souviens-toi aussi qu'elle nous a obligés à envoyer nos autres enfants chez mon frère. La folie de l'hygiène...

— Je la déteste, sanglota Elzire.

— Et le résultat, c'est la perte de mon autorité paternelle. Elle nous en veut, c'est évident ! Et c'est elle qui commande dans cette baraque. Je l'entends d'ici : « Les Dionne sont incapables d'élever autant d'enfants. Ils n'ont aucune hygiène... »

— Tu crois ? renifla Elzire.

– J'en suis sûr.
– J'ai peur, Oliva. J'ai peur pour mes petites filles.
– Je sais, ma chérie. Demain, nous irons ensemble à la pouponnière. Et je te garantis qu'on nous laissera entrer.

Dès 9 heures, Elzire et Oliva se présentèrent devant les grilles de la nursery en réclamant un entretien immédiat avec le docteur Dafoe. Le gardien leur répondit que le médecin avait quitté la pouponnière trois heures plus tôt et qu'il ne reviendrait qu'en début d'après-midi. Les parents des fillettes exigèrent alors de parler à Mme de Kiriline. Le gardien les escorta jusqu'au bâtiment. Sous la véranda, Dionne, des tremblements dans la voix, exposa à l'infirmière que sa femme et lui avaient été réveillés dans la nuit par l'arrivée d'un véhicule et qu'ils étaient inquiets pour la santé de leurs filles. Mme de Kiriline, très calme, expliqua qu'un médecin de Toronto était venu examiner Marie. Il avait décelé une infection du tympan. L'abcès avait été percé, la petite était à présent soulagée, il n'y avait par conséquent plus aucune raison de s'inquiéter. Elzire et Oliva demandèrent à voir les quintuplées. L'infirmière objecta que le docteur Dafoe n'autorisait pas les visites pour le moment. Dionne insista ; le ton monta. Comme Mme de Kiriline ne cédait pas, le père l'accusa de vouloir lui cacher la vérité sur l'état de ses filles. Il n'avait, criait-il, certes plus l'autorité paternelle que l'État lui avait volée, mais il conservait bel et bien le droit d'être informé correctement. À ses côtés, Elzire pleurait qu'elle voulait prendre ses bébés dans ses bras et que les brebis de son mari étaient des mères mieux traitées qu'elle-même ne l'était. Alerté par les cris, le gardien revint. Mais Dionne ne se calma pas et annonça qu'un médecin de son choix viendrait examiner les petites.

En effet, un certain docteur Smith se présenta à la pouponnière dans l'après-midi, à la demande de Dionne. Il certifia que les jumelles étaient bien portantes, et l'état de Marie satisfaisant. Dès le lendemain, les petites purent sortir dans le jardin et les parents furent à nouveau autorisés à voir leurs filles. Mais les visages fermés d'Oliva et Elzire Dionne exprimaient clairement leur hostilité.

Peu après le premier anniversaire des fillettes, Mme de Kiriline, fatiguée et peinée par les reproches incessants des parents qui l'avaient désormais choisie pour cible, présenta sa démission au docteur Dafoe.

Bien que les visiteurs ne fussent plus admis dans la pouponnière, le flot des curieux ne s'était pas interrompu, bien au contraire. Des dizaines de véhicules encombraient en permanence le bord de la route, devant les grilles et jusqu'à la ferme des Dionne. Derrière la clôture, les gens attendaient l'heure de la promenade quotidienne des petites. Aussitôt que la porte de la véranda s'ouvrait, des hurlements accueillaient l'événement. Pour apaiser les curieux, les infirmières agitaient la main en souriant avant de diriger les landaus vers l'arrière de la maison, qui donnait sur les collines couvertes de sapins. Les gens criaient de plus belle, réclamant qu'on amène les quintuplées près des grilles. À la fin de la promenade, lorsque les infirmières poussaient les landaus sous la véranda avec un dernier signe de main, les touristes laissaient exploser leur colère et leur frustration. On entendait fuser des insultes.

La situation devenait intenable. Le docteur Dafoe convoqua les tuteurs en urgence. Dionne, qui avait été invité, ne se présenta pas. Restaient donc, outre le médecin, le responsable de la Croix-Rouge et un juge retraité de Callander. Ils décidèrent que la meilleure façon de satisfaire les visiteurs sans trop perturber la vie quotidienne des quintuplées était de leur montrer ces dernières depuis la terrasse surélevée de la véranda.

Les premières exhibitions eurent lieu au début du mois de juin. La cérémonie se répétait quatre fois par jour de façon identique : Yvonne Leroux prenait dans ses bras la petite Yvonne, puis sortait sur la terrasse où attendait la femme de ménage. À l'arrivée du premier bébé, celle-ci levait un écriteau portant le prénom de la fillette. La foule hurlait. Durant quelques instants, la jeune infirmière, souriant d'une façon qui, vue du grillage, pouvait sembler naturelle, présentait Yvonne vers la gauche, puis vers la droite, avant de saluer les spectateurs et de retourner à l'intérieur de la pouponnière. Là, elle prenait Annette, et le manège recommençait. À chaque nouvelle apparition, les gens massés contre la clôture criaient un peu plus fort. Les fillettes prirent vite l'habitude de ces explosions sonores : passé la surprise et l'effroi des premiers jours, elles semblèrent même prendre plaisir à les provoquer. Derrière la grille, un grand panneau annonçait au public l'heure du prochain show.

Entre deux exhibitions des quintuplées, les visiteurs avaient coutume d'aller observer la ferme des Dionne. Souvent, lorsqu'Oliva sortait, des touristes engageaient la conversation et il n'était pas rare qu'ils lui demandent un autographe. Les premières fois, le père des fillettes avait refusé ; jusqu'au jour où un homme qui se disait collectionneur lui proposa un dollar en échange de sa précieuse signature. Ébranlé, Dionne accepta. Mais le soir, pris d'un scrupule, il s'en ouvrit à Elzire. « Tu aurais tort de te gêner, lui dit-elle. Est-ce que le docteur Dafoe se gêne, lui, pour vendre notre nom aux marchands de lait en poudre ? » C'était la vérité : quelques semaines plus tôt, le médecin avait autorisé une firme d'aliments pour bébés à utiliser l'image et le nom des quintuplées pour une campagne publicitaire, en échange d'une subvention versée au nom des fillettes. Ses hésitations balayées, Dionne se mit à signer à la chaîne, le soir, des autographes qu'il revendait, le jour, aux visiteurs pour vingt-cinq cents. Cet argent, il se promettait de le mettre de côté en vue du procès qu'il comptait intenter à l'État : il n'aurait de cesse qu'il n'ait regagné la garde de ses filles. Bientôt, il fit faire son portrait par le photographe de Callander et monnaya ses photos dédicacées un demi-dollar.

9.

Elle avait d'abord appris à se mettre debout. Cela avait été une immense révélation. Elle était donc capable de s'élever au-dessus des choses par la force de sa seule volonté, sans le secours des mains dont, jusque-là, elle avait dépendu entièrement. Puis elle avait trouvé, par hasard, le moyen de se déplacer dans cette position en balançant son poids d'une jambe sur l'autre. Elle était tombée aussitôt, mais l'épisode avait arraché des cris aux personnes présentes. Car c'étaient des personnes, ces mains, ces voix et ces visages toujours vêtus de blanc qui tournaient perpétuellement autour d'elle et ses sœurs. Ses sœurs restaient assises dans leur parc, étonnées de la voir les dominer de toute sa hauteur. Une fois de plus, elle était la Première et cela n'avait rien de confortable. La Seconde, la Troisième, la Quatrième et la Cinquième allaient-elles la suivre cette fois encore, comme le jour où elle avait glissé hors de l'abri, défaisant l'emboîtement parfait qu'était alors leur existence commune ?

Elle attendait avec impatience de voir l'une d'elles se lever à son tour. Accrochée à la barrière du parc, elle les hélait, s'asseyait, se relevait, retombait avant de se hisser encore, espérant toujours en entraîner une avec elle, là-haut. Mais ce jour ne venait pas.

Elle renonça à se mettre debout et à essayer de marcher. Puisque la vie de ses sœurs semblait devoir se dérouler au niveau du sol, elle préférait ne pas s'élever. Les personnes autour du parc avaient beau s'acharner à la relever, elle se laissait aussitôt couler à terre.

Ce fut la Troisième qui se décida. Elle l'entendit soudain l'appeler depuis là-haut, d'un de ces cris dont elles n'usaient qu'entre elles. Agrippée à la barrière, la Troisième oscillait de façon incontrôlée tout en observant le panorama des sommets. En un instant, la Première fut debout à ses côtés, criant avec sa sœur devant l'assemblée médusée des personnes en blanc. Le prodige ne dura qu'une seconde, la Troisième s'écroula presque aussitôt, mais il avait eu lieu et la Première ne l'oublierait pas. Il était la preuve que ses sœurs continueraient à la suivre dans ses explorations. Et, plus confusément, elle comprenait aussi que toutes cinq appartenaient à un ensemble plus vaste, celui des créatures qui vont debout.

Dressée sur ses jambes, elle distinguait mieux les personnes. Certaines étaient toujours présentes : la douce, la molle aux touffes blanches autour du visage... Une fois ou deux lui revint en mémoire l'image d'une personne aux mains sèches, puis elle oublia. D'autres se présentaient parfois au hasard des jours. Parmi ces dernières, elle apprit à en reconnaître deux qui apparaissaient de loin en loin. Ces deux-là la prenaient parfois dans leurs mains. L'une avait l'odeur du dehors, de l'air humide, une odeur forte et piquante. L'autre sentait l'intérieur, le lait et la chaleur des couvertures. Leur étreinte était vague, leurs mains la portaient sans l'envelopper, comme si elles se préparaient continuellement à la reposer, ce qui ne tardait d'ailleurs pas à arriver. Après elle, c'était au tour de ses sœurs. Mais plus qu'à leur odeur ou au contact de leurs mains, c'est à leurs voix et à leurs visages que la Première identifiait ces deux personnes. Elle finit par se les représenter comme « celui qui crie » et « celle qui pleure ». Aussitôt qu'elles entraient dans la pièce, la Première reconnaissait ce léger tremblement de leurs voix. Parfois, le tremblement s'apaisait. Mais le plus souvent, il prenait de l'ampleur, l'air autour d'eux semblait alors entrer en vibration. Elle et ses sœurs, comme saisies d'effroi, se figeaient dans leurs postures. Les cris éclataient, projetant vers les cinq l'odeur piquante de la personne dont le visage semblait se tordre. L'autre émettait des sons aigus qui se changeaient en flots de larmes. Cette tempête donnait le signal de leur départ : la porte claquait et c'était fini. Les premières fois, l'une ou l'autre des sœurs pleura, entraînant toutes les autres dans sa détresse. Puis, au fil des visites, rassurées par leur déroulement familier, elles s'y habituèrent.

10.

L'été 1935 fut le plus torride qu'on ait connu depuis longtemps en Ontario. Sous la toiture surchauffée de la pouponnière, bébés et infirmières – on avait embauché une demoiselle Lameroux pour remplacer Mme de Kiriline – transpiraient à longueur de journée. Les fillettes n'avaient plus d'appétit et commençaient à perdre du poids. Attirées par l'odeur de la sueur, des dizaines de mouches cherchaient à se poser sur leurs visages, leurs bras et leurs jambes nus. Pour les chasser, les infirmières agitaient de grands éventails. C'était un travail aussi fatigant que vain, car dès qu'elles s'interrompaient un instant, les mouches s'abattaient en nombre sur les petites. On accrochait au plafond des attrape-mouches, ces bandes de papier enrobé de glu. Ils se couvraient rapidement d'insectes qui vrombissaient durant une heure ou deux, avant de mourir d'épuisement. Les plus acharnées des mouches engluées parvenaient parfois à s'arracher les pattes. Celles-ci restaient collées au papier tandis que leurs corps mutilés tombaient sur le sol où ils s'agitaient encore quelques minutes, au milieu des fillettes qui tentaient de les saisir. La nuit venue, les mouches disparaissaient, et c'était au tour des moustiques de pénétrer par tous les interstices du bâtiment pour venir dévorer les petites.

À l'extérieur, les visiteurs qui se poussaient derrière les grilles en masses de plus en plus compactes ne semblaient découragés ni par la chaleur ni par les attaques d'insectes. La campagne publicitaire du Comité de tourisme de la région de North Bay avait fonctionné à plein. Toutes les chambres d'hôtel dans un rayon de trente miles étaient réservées des semaines à l'avance. Les commerçants rivalisaient d'idées pour intégrer le mot « quintuplées » à leur vitrine. À Callander, Léon Dionne, l'oncle des petites, qui était garagiste, eut l'idée de faire peindre sur chacune de ses cinq pompes à essence le nom d'une de ses nièces. Ainsi les touristes pouvaient-ils désormais demander « trente litres d'Yvonne » ou « quarante litres de Cécile », ce que beaucoup d'entre eux paraissaient trouver très amusant.

Les shows ne duraient que quelques minutes, mais les personnes chargées des quintuplées abordaient ce moment avec une anxiété grandissante. La foule accueillait le premier bébé par des cris et des applaudissements. Les cris allaient croissant pour les bébés suivants, il s'y mêlait des sifflets et toutes sortes de bruits destinés à capter, ne fût-ce qu'un instant, l'attention des fillettes.

Certains spectateurs amenaient des cadeaux – images religieuses, chaussons tricotés, médailles bénites... Ils en faisaient de petits paquets, parfois lestés d'une pierre si le contenu était trop léger, qu'ils lançaient avec force en direction de la véranda. Les infirmières considéraient avec effroi ces projectiles qui, heureusement, tombaient en général sur la pelouse où le gardien les ramassait après l'exhibition. Quand l'infirmière se retirait pour la cinquième fois, les visiteurs frappaient des mains en cadence à la manière de spectateurs réclamant un rappel. Les sifflets redoublaient, on secouait les grilles. Des excités prenaient le gardien à partie, ils n'avaient tout de même pas parcouru des centaines de miles pour voir cinq silhouettes en trois minutes. « Remboursez ! » n'hésitaient pas à crier certains, comme s'ils avaient payé leur place.

Le docteur Dafoe, inquiet pour la tranquillité des jumelles, ramena à deux le nombre des shows quotidiens. Un jour que Marie était particulièrement fatiguée, Yvonne Leroux, pour l'épargner, imagina de faire sortir une deuxième fois Emilie à sa place. Comme tous les jumeaux, les petites avaient chacune des particularités physiques qui permettaient à ceux qui les connaissaient bien de les distinguer. La chevelure de Marie, par exemple, s'enroulait naturellement vers la gauche, à l'inverse de celles de ses sœurs. Mais bien évidemment, il était impossible de remarquer ces différences à une certaine distance. Depuis le grillage, les visiteurs ne voyaient que cinq bébés tout à fait identiques. La supercherie fonctionna si bien que les infirmières prirent l'habitude, presque à chaque exhibition, de faire sortir la même fillette cinq fois de suite. Ainsi les petites étaient-elles moins souvent perturbées par les hurlements de la foule.

C'est vers cette époque que Dionne ouvrit sa première boutique. Le commerce des autographes s'était révélé fort rentable, et Oliva avait d'autres idées pour profiter du passage des touristes. Il aménagea rapidement un hangar qui lui appartenait, situé face à la pouponnière, de l'autre côté de la route. Les travaux s'achevèrent avec l'accrochage d'une pancarte peinte par Dionne lui-même, qui annonçait : « Oliva Dionne-Souvenirs ». Dès les premiers jours, les visiteurs, frustrés par la courte exhibition des petites, s'y ruèrent à la recherche d'objets à emporter qui leur donneraient l'illusion d'avoir vécu un moment mémorable. Oliva les accueillait d'un sourire affable. Il expliquait à qui voulait l'entendre que lui-même, propre père des quintuplées, ne pouvait pas leur rendre visite aussi souvent qu'il l'aurait souhaité : on le faisait parfois attendre jusqu'à une semaine avant de l'autoriser à voir ses bébés.

— Je n'ai pas dit les toucher, ça, c'est encore plus rare, il faut quasiment l'autorisation du ministère de la Santé. Imaginez l'état dans lequel se trouve leur pauvre mère !

Dionne tendait alors le bras vers les présentoirs garnis de photographies des fillettes en disant qu'avec leur image sous les yeux, il se sentait tout de même proche d'elles.

– L'attitude du gouvernement est scandaleuse, je me battrai pour retrouver mon autorité paternelle ! Tout ça parce que nous sommes des Canadiens français ! Si nous étions anglophones, les choses ne se passeraient pas de la même manière... C'est toujours la même histoire : plus les gens sont pauvres et opprimés, plus on cherche à les enfoncer. Ah ! non, nous n'avons pas une vie facile. Et cette crise économique par-dessus le marché ! Les paysans sont bien sûr les premiers touchés. Vous savez de combien a chuté le prix du quintal de blé ? Et celui du ballot de laine de mouton ?

Les touristes n'en avaient évidemment aucune idée et ne pouvaient que secouer négativement la tête. Et Dionne se relançait :

– Avant le début de la crise, dans les années vingt, j'arrivais à me faire jusqu'à soixante dollars par saison en vendant les fourrures des animaux que je capturais pendant l'hiver. À présent, plus personne n'en veut, les peaux restent pendues dans la grange, dévorées par les mites. C'est sûr que le petit peu d'argent que nous laissent les visiteurs qui achètent nos souvenirs, ça nous soulage beaucoup. À vrai dire, je ne sais pas comment on s'en sortirait autrement. Ah ! oui, on peut dire que ma femme et moi sommes reconnaissants envers les touristes !

Outre quantité de photographies et de cartes postales représentant les quintuplées (Dionne offrait d'y apposer sa signature pour vingt-cinq cents supplémentaires), la boutique proposait de petits éventails en carton décorés d'images des fillettes. On pouvait également y acheter de la glace pilée aromatisée d'une giclée de sirop d'érable. Les affaires ne marchaient pas trop mal pour Oliva Dionne. Et il réfléchissait activement à de nouveaux produits à commercialiser : poupées à l'effigie des petites, mouchoirs et napperons imprimés, médailles, tasses, assiettes…

Quelques jours à peine après le début des vacances, Alice et Edith se trouvèrent séparées pour de longues semaines. La famille de cette dernière partait en effet passer les deux mois d'été à Mattawa, une petite ville située à une quarantaine de miles de North Bay, afin d'aider un oncle dans les travaux de sa ferme. Les deux amies eurent tout juste le temps de se retrouver pour un après-midi de pêche au bord du lac Nipissing avant qu'un train n'emportât Edith, laissant sur le quai de la gare une Alice désolée.

La jeune fille se prépara à un été morne et vide. Pour échapper à l'ennui, elle se lança dans un vaste programme de révisions scolaires. Chaque matin, elle se levait à 7 heures, préparait du café pour son père, allait arroser le potager familial, puis s'asseyait à la table de la véranda avec ses livres et ses cahiers. À la rentrée, Edith et elle entreraient à l'école secondaire. Contrairement à son amie dont les idées de métier variaient avec les saisons (Edith avait passé l'hiver coiffée d'une casquette de chauffeur de locomotive, avant de s'imaginer en pilote d'avion, puis en patron de pêche), Alice avait depuis longtemps choisi d'être institutrice. Elle avait toujours aimé apprendre. Il lui semblait que chaque connaissance nouvelle la rapprochait d'un moment où, enfin, elle saurait tout. « On ne peut jamais tout savoir, lui avait dit son père, il y a trop de choses à connaître. D'ailleurs les savants font tout le temps de nouvelles découvertes. » Alice acceptait l'idée que le savoir soit en perpétuelle expansion. Mais du moins, elle se sentait capable d'absorber en totalité le contenu des manuels scolaires de l'Ontario et du Canada qui, croyait-elle, contenaient tous les savoirs de l'humanité à un moment donné. Elle se trouvait confortée dans cette opinion par l'attitude de certaines enseignantes qui, bien qu'étant les plus ignorantes de l'école, affichaient une assurance ne laissant aucune place au doute. Ces maîtresses affirmaient avoir réponse à tout. Elles parvenaient d'autant mieux à le faire croire à leurs jeunes élèves qu'elles ne les autorisaient pas à poser des questions pendant les cours. Il suffisait d'apprendre leurs leçons par cœur pour devenir aussi savante qu'elles. Alice, qui obtenait couramment des dix sur dix, se sentait ainsi appelée à un brillant avenir dans l'enseignement.

Edith avait promis de lui écrire, mais Alice s'interdisait de guetter le passage du facteur. Elle craignait tellement d'être déçue si son amie ne tenait pas ses engagements qu'elle avait presque réussi à se persuader qu'Edith l'oublierait. Ce fut donc avec surprise que, vers le dixième jour, elle découvrit une lettre à son nom déposée sur son assiette à l'heure du déjeuner. Elle patienta jusqu'à la fin du repas pour gagner sa chambre et, à l'abri de la porte refermée, décacheter l'enveloppe ornée d'un timbre à l'effigie du roi George V et de la reine Mary.

Mattawa, le 12 juillet 1935

Ma chère Alice,

Il fait ici une chaleur d'enfer, pourtant on ne chôme pas. Au bout d'une semaine, me voici noircie par le soleil comme une vieille paysanne. Ma tante voulait que je reste avec elle et ma mère pour aider aux travaux du potager et à la cuisine. Je lui ai vite fait comprendre que ce n'était pas une très bonne idée, sauf si elle était d'accord pour manger de la bouillie de haricots cramés à tous les repas. Très tôt le matin, je pars pour les champs avec mon oncle, Papa, et Gilbert et Victor. Nous, les enfants, nous nouons les tiges de blé en bottes, puis on en fait des tas. On travaille ainsi jusqu'à midi, et à nouveau de 17 heures jusqu'à la tombée de la nuit. Au début, j'avais mal partout, mais à présent, je me débrouille mieux que mes frères.

J'ai commencé à lire le livre que tu m'as prêté, *Le Robinson suisse*. L'histoire est intéressante, mais ça m'embête beaucoup qu'il n'y ait que des garçons dans cette famille de naufragés. Je suis persuadée que l'auteur en a décidé ainsi parce qu'il n'était pas capable d'imaginer que des filles puissent s'adapter pour survivre sur une île déserte, et dans ce cas, c'est un imbécile. De toute façon, je n'ai guère le temps de lire.

Il faut que je te conte une aventure qui m'est arrivée hier. Dimanche, nous sommes allés à l'église. Tu me connais, tu sais ce que je pense de ces sornettes. Mais ça faisait plaisir à ma tante et, surtout, c'était l'occasion de faire un tour en ville. La messe avait commencé depuis dix minutes lorsque j'ai entendu des voix d'enfants chuchoter derrière nous. Je me suis retournée et là, j'ai vu cette tête de mule de Colette Thibaudeau. Tu te souviens ? Elle était en septième l'année dernière. Je ne sais pas ce qu'elle faisait là. Peut-être qu'elle aussi a de la famille par ici, mais je la vois mal donner un coup de main pour la moisson, elle aurait trop peur de se retourner un ongle. Elle était au centre d'une bande de gamins qui murmuraient en me regardant, pas assez fort pour que je distingue leurs paroles, mais j'ai lu sur leurs lèvres : « Dents-de-lapin ! » Ils ont continué comme ça pendant toute la messe. Pour ne plus les entendre, je chantais les cantiques. Quand le curé nous a libérés, j'ai foncé vers la sortie. Bien sûr, ils avaient déjà filé. J'ai demandé à mon oncle s'il connaissait des Thibaudeau à Mattawa, il m'a parlé d'une famille qui habite près du lac Chant-Plein. Ce n'est pas loin, j'irai y faire un tour un de ces jours. Serre les fesses, Colette ! Dents-de-lapin arrive, et elle a les crocs !

Voilà les nouvelles, mon Alice. Si tu veux, tu peux me répondre à l'adresse qui est sur l'enveloppe. Ici, c'est le chien de la ferme qui apporte le courrier. Quand il entend le vélo du facteur au bout du chemin, il part en courant et revient avec les lettres qu'il tient délicatement dans sa gueule.

Je t'embrasse, mon Alice.

Edith

L'étonnement d'Alice fut à son comble lorsqu'une deuxième lettre arriva quatre jours après la première. Elle n'avait pas terminé sa réponse à Edith, hésitant encore sur les conseils à lui donner concernant le traitement à réserver à Colette Thibaudeau. En voyant cette nouvelle enveloppe, la jeune fille craignit que son amie ne fût passée aux actes et qu'elle lui annonçât quelque vengeance sanglante. Mais ce n'était pas tout à fait cela :

Mattawa, le 16

Ma vieille Alice,

Figure-toi que la Colette est déjà rentrée à North Bay. Par contre, j'ai retrouvé la bande de gosses de l'église. Deux jours après la messe, je suis allée frapper à la porte des Thibaudeau d'ici, au lac Chant-Plein. « Bonjour, j'ai dit à la femme, je suis une amie de Colette, est-ce qu'elle est là ? » C'est comme ça que j'ai su qu'elle était partie. Mais au retour, il y avait une charrette de foin sur le chemin. Ils m'ont reconnue les premiers : « Dents-de-lapin ! Dents-de-lapin ! » Ils étaient cinq ou six à piailler, juchés sur les chevaux, sur le foin, ou à pied. Ni une ni deux, j'ai ramassé une poignée de cailloux pour les canarder. Ils ont esquivé mes premiers tirs, ils étaient de plus en plus excités. Ils faisaient les oreilles de lapin avec leurs mains. Mais quand l'un d'eux a pris une pierre en plein front et s'est mis à saigner et à brailler, ils ont tous détalé comme des lapins ! Tous sauf un, celui qui conduisait l'attelage. « Je crois qu'ils ne t'embêteront plus », m'a-t-il dit en souriant. Mais je me méfiais. Je lui ai demandé qui il était, si les autres étaient ses frères ou bien ses copains. Il s'appelle Gérard. Les autres sont les gosses des voisins, ils aident pour les foins. Lui a treize ans. Il avait l'air gentil et ses chevaux étaient beaux, alors je suis montée à côté de lui sur la charrette. De toute façon, on allait dans la même direction. On a discuté. Il m'a dit qu'il espérait pouvoir travailler un jour dans les chemins de fer parce qu'il voit bien que ses parents ont du mal à s'en sortir avec leur ferme. Je lui ai expliqué que moi aussi, je voulais être soit chauffeuse de locomotive soit patronne de pêche. Il a répondu que ce ne sont pas des métiers de fille. Je lui ai quand même laissé une chance : j'ai dit que si, justement, il y a des femmes qui conduisent les trains ou qui commandent des bateaux. Il n'en a pas démordu : pour lui, la place des femmes est à la maison, près des enfants et des fourneaux. Enfin, tu vois le genre. Je l'ai fixé entre les deux yeux, j'ai dit que ce n'étaient pas non plus des métiers de crétin et que, par conséquent, il n'avait aucune chance. J'espère qu'il croupira toute sa vie dans sa ferme. Vois-tu, mon Alice, il ne faut jamais laisser les autres penser à ta place. Toi, tu es intelligente et travailleuse, tu as tout pour réussir. Mais tu es aussi trop gentille. Et à force de te mettre à la place des autres, tu finirais par les excuser même quand ils ont tort. Ce n'est pas si grave pour une future institutrice, c'est même peut-être une qualité. Mais moi, je ne peux pas me permettre de laisser courir les imbéciles. Ils sont trop nombreux à penser qu'ils ont le droit de prendre ma place sans avoir à fournir un effort, juste parce qu'ils sont nés garçons.

Ça me plaît bien, finalement, de t'écrire. Je vais finir par faire des progrès ! Par contre, j'ai abandonné pour de bon le Robinson suisse sur son île. Mais le mal est fait : ma tante, qui croit à présent que j'aime la lecture, m'a prêté un livre de quand elle était petite. *Les Malheurs de Sophie*, tu connais ?

Je t'embrasse très, très fort.

E.

Après avoir relu son brouillon de réponse, Alice décida de le recommencer. Ses appels à la modération et au pardon n'étaient plus d'actualité. Elle se sentait comme gonflée d'un orgueil que la lettre d'Edith aurait infusé dans son esprit. Elle avait conscience d'avoir choisi une voie plus aisée que sa camarade, et que cela la mettait à l'abri de bien des difficultés, notamment celle d'avoir à se justifier. Mais comment aurait-elle réagi à la place d'Edith ? Aurait-elle eu son courage ? En tout cas, elle le souhaitait. Elle s'assit et écrivit :

Ma bien chère Edith,

Je n'ai pas ton courage, et je ne sais pas si je l'aurai un jour. Mais, en te lisant, je crois mieux comprendre certaines raisons qui me poussent vers le métier d'enseignante. Peut-être, en effet, même en étant peu courageuse, serai-je capable d'enseigner les vertus du courage à des enfants. Crois-tu qu'on puisse utiliser ses défauts comme des outils, comme des armes ? Je pense que oui. On raconte qu'Albert Einstein, le grand savant suisse, était un cancre à l'école...

À la fin de l'été, le conseil des tuteurs fut à nouveau réuni : le siège des touristes devant les grilles de la pouponnière devenait insupportable et dangereux. Chaque matin, le gardien avait fort à faire pour repousser les curieux qui profitaient de l'arrivée de la voiture du docteur Dafoe pour tenter de forcer le passage. On décida d'embaucher un deuxième gardien avec un chien. Mais il était surtout nécessaire de gérer efficacement cette masse de gens et leur envie de voir les quintuplées, tout en préservant le calme nécessaire aux petites.

Plusieurs solutions furent envisagées : la construction d'une salle d'exposition consacrée aux quintuplées, avec photos retraçant leur courte existence, projection de films et conférences. On objecta que, maintenant que les visiteurs avaient pris l'habitude de voir les fillettes en chair et en os, il serait difficile de les satisfaire d'images. Le responsable de la Croix-Rouge suggéra qu'on ajoute une aile à l'arrière du bâtiment existant, dont l'un des murs serait une immense glace sans tain derrière laquelle les touristes pourraient observer les quintuplées. C'était une bonne idée, admit le docteur Dafoe, mais cela faisait pénétrer la foule dans l'espace intime des petites. Il faudrait donc sécuriser entièrement la pouponnière, renforcer les portes, masquer les fenêtres, et supporter un dérangement incessant. Dans ce cas, proposa le juge à la retraite, on pouvait peut-être garder l'idée de construire un lieu où les gens pourraient regarder les fillettes, mais l'implanter suffisamment loin de la pouponnière. Ce serait un endroit spécialement conçu pour l'accueil des visiteurs : ils pourraient circuler librement autour d'une zone entourée de vitres ou de miroirs sans tain dans laquelle on amènerait les petites deux fois par jour. Pour elles, ce serait une salle de jeux ; pour les touristes, une salle de spectacle. Tous jugèrent l'idée excellente. Le docteur Dafoe fut chargé de réfléchir au projet pour y intégrer les contraintes liées au bien-être et à la sécurité des petites, puis les tuteurs se séparèrent en se congratulant mutuellement.

De retour chez lui, Dafoe se mit immédiatement au travail. Tout en engloutissant la soupe à la queue de bœuf préparée par Mme Taillefer, une voisine qui venait trois fois par semaine pour faire le ménage et la cuisine, il prit des notes et esquissa quelques schémas. Sa première préoccupation était de concevoir un espace où les quintuplées seraient à leur aise. À aucun moment elles ne devraient se sentir observées, il fallait donc un endroit suffisamment vaste. Le docteur Dafoe tenait également à ce que le soleil y pénétrât largement. Après avoir griffonné plusieurs plans de constructions aux dimensions de cathédrales, il abandonna l'idée d'une pièce fermée. Il suffisait d'aménager une aire de jeux en plein air, à quelque distance d'un bâtiment qui abriterait les visiteurs. Le médecin repoussa ses notes, ôta ses lunettes, s'étira. La pouponnière était en train de devenir un véritable cirque, et c'est à lui qu'incombait d'organiser le spectacle. Quelle ironie ! Après avoir mis au monde, puis sauvé ces fillettes, il était à présent chargé de les livrer en pâture aux hordes de voyeurs.

Dans l'entrée, Mme Taillefer rajustait son chapeau. Elle avait préparé le repas du lendemain et s'apprêtait à rentrer chez elle. Comme à l'accoutumée, elle s'avança dans la salle pour saluer le médecin et lui donner ses instructions pour le réchauffage des plats. Il ne lui laissa pas le temps d'ouvrir la bouche :

— Excusez-moi de vous retenir quelques instants encore, madame Taillefer, mais j'aimerais avoir votre avis sur une question importante.

Mme Taillefer, une grande femme aux cheveux entièrement blancs, mais au visage encore jeune, ne laissa rien paraître. Elle posa simplement ses mains sur le dossier d'une chaise et se redressa. Elle dominait Dafoe de sa haute stature.

— Je vous écoute, Docteur.

Il se racla la gorge.

— Vous êtes déjà allée voir les quintuplées Dionne à l'occasion d'une de ces exhibitions sur la terrasse, n'est-ce pas, madame Taillefer ?

— Oh ! oui, Docteur. Et aussi derrière la vitre à l'intérieur de la pouponnière, quand cela était encore possible.

— Vous les avez donc vues deux fois.

— Trois fois en tout, je suis allée deux fois à la pouponnière. Elles sont tellement mignonnes !

— Pensez-vous qu'elles soient plus mignonnes que des bébés ordinaires ?

La cuisinière cessa de sourire pour considérer le docteur Dafoe d'un air vaguement contrarié.

— Je suppose que non. Mais elles sont cinq, et elles se ressemblent comme autant de gouttes d'eau. J'imagine que cela suffit à les faire paraître cinq fois plus mignonnes.

— Bien répondu, dit Dafoe.

— Vous m'avez dit que vous vouliez avoir mon avis. De quoi s'agit-il, Docteur ?

— Oui, excusez-moi. Voilà, nous sommes en train de réfléchir à la construction d'un nouvel endroit pour recevoir les visiteurs de la pouponnière. Puisque vous êtes une habituée, pourriez-vous me dire à quoi ressemblerait pour vous le lieu idéal ?

Mme Taillefer laissa errer son regard sur les meubles de la pièce : le vaisselier, le buffet bas couvert d'un napperon, le fauteuil au cuir luisant d'usure où le médecin fumait sa pipe, le soir. Puis ses yeux revinrent se poser sur Dafoe.

— Pour moi, l'endroit importe peu. Un trou de souris suffirait du moment qu'on peut voir les petites toutes ensemble, qu'elles sont habillées de façon identique et qu'on ne peut pas les distinguer l'une de l'autre. Voilà mon avis.

— Vous n'aimeriez pas les voir habillées différemment les unes des autres ?

— Ce ne serait pas leur rendre service, Docteur. C'est parce qu'elles sont tellement semblables que les gens les aiment. Si vous les coiffez et les habillez chacune à sa manière, les visiteurs vont être déçus, c'est sûr !

— Je vous remercie, madame Taillefer, c'est un point de vue intéressant. Excusez-moi encore de vous avoir retardée.

— Ne vous inquiétez pas. À jeudi, Docteur.

Resté seul, Dafoe prit sa pipe et sortit sur le pas de sa porte. Il frissonnait dans sa veste trop mince. Les premières gelées ne tarderaient plus. Il se dit que dès le lendemain, grâce à Mme Taillefer, toute la ville serait au courant du projet de construction. Il imaginait la cuisinière pérorant au centre d'un cercle de mégères : « Le docteur Dafoe était tellement embêté qu'il m'a demandé mon avis. Comme si je n'avais pas assez de préoccupations pour me charger en plus des siennes ! À chacun son travail. Enfin, je lui ai tout de même donné mon opinion... » Mais cela n'avait au fond aucune importance. Ce qu'il retenait de la conversation, c'est que la fascination que les quintuplées exerçaient sur le public tenait uniquement à l'apparence identique des cinq fillettes. Les visiteurs se moquaient bien de savoir si les petites étaient heureuses du moment qu'on les leur présentait comme cinq copies conformes, cinq exemplaires d'un même bébé, cinq êtres vivants monstrueusement semblables. Les souvenirs que les gens s'arrachaient, ces poupées, ces photos, ces cartes postales mettaient précisément cela en scène : les fillettes y étaient représentées dans des vêtements de couleurs différentes, mais c'étaient bien les mêmes robes, les mêmes souliers, les mêmes chapeaux. Et si l'on s'était avisé de les habiller différemment les unes des autres, le public aurait certainement mal réagi. Chacune avait pourtant sa personnalité : leurs caractères s'affirmaient de jour en jour. Mais personne ne voulait en entendre parler. Les identités respectives des jumelles Dionne étaient un secret qui n'intéressait personne. Chaque jour qui passait semblait apporter la confirmation que les fillettes ne pourraient jamais avoir une enfance ordinaire. Si un jour elles atteignaient l'âge adulte, peut-être alors auraient-elles la chance de vivre une existence banale, de se marier, de travailler, d'avoir des enfants. Mais c'était une perspective bien lointaine. D'ici là il fallait les protéger, limiter autant que possible les conséquences désastreuses de cette vie de bêtes de foire qui se dessinait pour elles. Et puisqu'elles paraissaient condamnées à être des monstres aux yeux du public, c'était à lui, Dafoe, que revenait la responsabilité de diriger ce cirque. La tranquillité des fillettes avait un prix. Et ce prix serait celui qu'il parviendrait à tirer de la fascination des visiteurs et de l'insistance des publicitaires qui le sollicitaient constamment. C'est à coups de contrats commerciaux qu'il allait assurer un avenir à ses petites protégées.

11.

Les travaux de construction de l'observatoire Dafoe – c'était le nom que l'architecte chargé du projet avait inscrit sur les plans – débutèrent au mois de décembre 1935. Une vaste galerie de forme semi-circulaire s'élèverait bientôt à une trentaine de mètres de la pouponnière. Cette galerie entourerait une sorte de cour de récréation à ciel ouvert avec pelouses, allées de gravier, bac à sable et balançoires, où les petites seraient amenées deux fois par jour par leurs infirmières. Les visiteurs, derrière des vitres et un treillage métallique à très fines mailles qui les rendraient invisibles aux yeux des fillettes, pourraient profiter du spectacle des cinq créatures sans les déranger. Grâce à ses dimensions généreuses – vingt-cinq mètres de rayon, soixante-quinze mètres de galerie couverte – l'observatoire accueillerait cent personnes à la fois. Le gouvernement d'Ontario ayant exigé que l'entrée soit gratuite, il avait fallu, pour financer les travaux, se tourner vers de généreux donateurs. Le docteur Dafoe avait sollicité plusieurs firmes célèbres – fabricants de céréales, de savon, de lait en poudre – qui avaient accepté de verser des sommes considérables en échange du droit d'utiliser le nom et l'image des quintuplées pour leurs publicités. Ainsi, les travaux allaient bon train et l'on projetait d'ouvrir la galerie d'observation au public dès le printemps 1936.

En même temps que sortaient de terre les piliers de bois délimitant la forme de la galerie, un autre événement vint bousculer la routine de la pouponnière : une équipe de cinéma au grand complet s'y installa pour quelques jours. Ces personnes, une quinzaine au total, tournaient un film dont le titre était : *Le Médecin de campagne*. Il s'agissait de l'histoire de la naissance des quintuplées, légèrement embellie pour les besoins du cinéma. Des acteurs interprétaient les rôles du docteur Dafoe, d'Elzire et Oliva Dionne, de la tante Donalda... Pour incarner les fillettes, l'équipe de production avait choisi les sœurs Dionne elles-mêmes, car il était évident que leur nom sur l'affiche du film attirerait les foules. Il fallait donc tourner quelques séquences montrant les petites dans leur quotidien. Mais le personnage principal du film était le petit médecin de campagne qui se comportait de façon héroïque pour mettre au monde, puis soigner les quintuplées.

Dafoe avait longuement hésité à donner son accord. Après plusieurs lectures attentives du scénario, il n'avait finalement rien trouvé à y redire. Si sa modestie souffrait du portrait excessivement flatteur que le film brossait de sa personne, il avait fini par balayer ses scrupules en pensant à la somme d'argent qui reviendrait à la fondation créée pour les petites.

Après l'anniversaire des quintuplées, Noël 1935 fut l'occasion d'une troisième visite des autres enfants Dionne à leurs sœurs. La fête fut assez morne : si Pauline et Daniel, âgés de trois et quatre ans, se montrèrent curieux et enthousiastes, leurs aînés Thérèse, Rose-Marie et Ernest semblaient avoir adopté l'attitude réservée, voire hostile, de leurs parents. À peine se déridèrent-ils au moment d'ouvrir les cadeaux qui les attendaient au pied du grand sapin décoré.

Journal d'Yvonne Leroux, 3 janvier 1936

Après l'agitation du tournage du *Médecin de campagne*, la vie dans la pouponnière a retrouvé son calme habituel. Ce fut une expérience enrichissante, et les petites se sont comportées avec aisance et naturel face à la caméra. En fait, les vrais acteurs et actrices étaient bien plus nerveux que les bébés.

Il fait un bon froid sec. Les travaux de construction de l'observatoire sont en bonne voie. Les ouvriers posent le toit de la galerie. Ils ont aussi monté une palissade entre le jardin et la route, de manière à nous protéger des regards des visiteurs.

15 janvier 1936

Yvonne s'amuse à se moucher. Elle prend un mouchoir, souffle très fort à plusieurs reprises, puis elle éclate de rire.

Les petites deviennent querelleuses. De plus en plus souvent, il arrive qu'elles se tirent les cheveux ou se tapent. Aujourd'hui, Emilie a inventé une nouvelle façon de taquiner les autres : elle s'approche d'une de ses sœurs en lui tendant un jouet, puis, au moment où celle-ci veut le saisir, elle jette le jouet au loin. Mlle Lameroux et moi sommes souvent obligées d'intervenir pour les séparer et éviter les bagarres. Heureusement, les petites oublient vite et se remettent à jouer ensemble.

25 février 1936

Alors que ses quatre sœurs marchent déjà bien, Marie tient encore à peine debout. Aussitôt qu'on l'encourage à faire un pas, elle se laisse glisser à terre. Par contre, elle est passionnée d'escalade et passe son temps à essayer de grimper sur les chaises et les radiateurs. Lorsqu'elle y parvient, elle laisse éclater sa joie.

Elles marchaient dans la neige. De front dans l'étendue blanche, éblouies par la lumière, elles gardaient la bouche ouverte pour le plaisir de sentir parfois un flocon se poser sur leur langue. Elles devaient lever haut les pieds pour ne pas tomber à chaque pas.

Les premiers jours, aucune d'elles n'avait osé s'aventurer. Elles étaient restées là, plantées debout comme des petits sapins. On les avait enveloppées de telles épaisseurs de vêtements que, même en se penchant, elles ne parvenaient pas à apercevoir leurs pieds, cachés sous les bourrelets d'étoffe. C'était déjà une sensation extraordinaire de se sentir ainsi gonflées et si parfaitement protégées du froid. Elles avaient crié longuement, sans se lasser, émerveillées d'entendre comment la neige avalait les bruits.

Et puis un matin, à court d'expérimentations, la Première avait tenté de faire un pas sur ce blanc mystère. Elle avait tout de suite aimé le crissement de la neige et la façon dont son pied s'enfonçait par à-coups jusqu'à atteindre une couche plus ferme. Elle s'était tournée vers ses sœurs qui l'observaient, médusées, et les avait rassurées d'un cri joyeux. Elle avait repris sa progression. L'une après l'autre, la Seconde, la Troisième, la Quatrième l'avaient suivie. Et puis la Cinquième, enfin, qui s'était élancée sous les cris d'encouragement des personnes.

Après quelques minutes, la Troisième s'était mise à hurler. Assise dans la neige, elle montrait son pied nu où s'accrochaient des cristaux glacés. Les personnes habituellement vêtues de blanc – elles portaient ce jour-là de grands manteaux de fourrure – s'avancèrent alors en riant et en prodiguant des paroles apaisantes. Leurs mains plongèrent dans la neige d'où elles extirpèrent la petite botte en caoutchouc et la chaussette que la Troisième avait perdue. L'une après l'autre, chacune *des sœurs connut la même mésaventure : brusquement, quelque chose dans les profondeurs de la couche blanche agrippait la botte et leur pied ressortait nu et vulnérable. Le temps qu'elles s'en aperçoivent, le froid avait déjà mordu leur chair tendre. Il n'y avait plus qu'à hurler en attendant un sauvetage.*

Cet hiver-là, la Première se découvrit aussi un pouvoir sur ces personnes dont toutes cinq dépendaient. Il suffisait de prononcer certaines formules pour qu'aussitôt les personnes sourient et montrent les signes d'une profonde satisfaction. C'était un pouvoir très agréable. Chaque personne en blanc répondait à une formule différente qu'il fallait d'abord découvrir, puis s'entraîner à dire le plus correctement possible. C'était souvent au moment de la toilette que la personne livrait la formule. Son regard plongeait dans celui de la Première étendue sur la table à langer. Tout en enveloppant la petite de gestes doux et rassurants, la personne répétait plusieurs fois les mêmes sons, toujours dans le même ordre, sur un ton encourageant : « Y-vonne, Y-vonne ». La Première répondait : « Onne ». La personne aux mains douces riait et la félicitait. La Première essaya la formule à d'autres moments de la journée avec la même personne. À chaque fois, celle-ci exprima son contentement. C'était facile.

Les choses furent plus compliquées avec la personne aux touffes blanches. Bien que celle-ci leur rendit des visites quotidiennes, elle ne passait avec les petites qu'un temps limité. La Première eut beau se montrer attentive et répéter les sons produits par cette personne, elle ne parvint pas à découvrir une formule qui la ferait réagir. Il lui fallut du temps pour remarquer un mot qui revenait souvent dans la bouche de la personne aux mains douces lorsqu'elle s'adressait aux touffes blanches : « Teu' ! » s'exclama la Première un matin. Ses espoirs ne furent pas déçus. Toutes les personnes se mirent à rire et à répéter en chœur : « Docteur ! Docteur ! » Les jours d'après, elle n'eut de cesse que d'entraîner ses sœurs à utiliser cette formule qui mettait en joie la pouponnière entière.

12.

Le chaud soleil de juin, déjà haut dans le ciel, faisait miroiter la route toute neuve comme un ruban d'acier. Des dizaines de voitures avançaient au pas, pare-chocs contre pare-chocs, glissant lentement entre les sapins clairsemés et les étendues rocailleuses. Dans les habitacles surchauffés malgré les vitres ouvertes, conducteurs et passagers patientaient en inhalant les fumées d'échappement mêlées à la poussière que soulevaient les roues. Bien avant le parking, on distinguait déjà les inscriptions sur les enseignes au bord de la route : « Oliva Dionne – Souvenirs », « Lainages Oliva Dionne », « Madame Legros & madame Lebel, sages-femmes des célèbres quintuplées – Rafraîchissements et souvenirs ». À l'entrée du parking, un gardien en uniforme dirigeait la manœuvre des véhicules et veillait à leur bon alignement le long du grillage qui entourait la pouponnière et le nouvel observatoire. En quelques mois, les abords de la ferme des Dionne s'étaient métamorphosés. Cet endroit reculé aux allures de désert était devenu un lieu touristique animé et perpétuellement bruyant. Plusieurs centaines de voitures amenaient quotidiennement leurs chargements de touristes. Pour faire face à cet afflux, on avait élargi et goudronné l'ancienne route, et aménagé de vastes aires pour le stationnement. En plus des deux magasins tenus par Oliva Dionne, le Comité de tourisme avait financé la construction d'une boutique où Donalda, la tante des fillettes, et Mme Lebel vendaient des hot-dogs, des crèmes glacées, et se faisaient photographier en tenant dans leurs bras un panier d'osier, celui-là même, assuraient-elles, qui avait accueilli les quintuplées durant les premiers jours de leur existence.

Ce matin-là arriva un autocar que le gardien envoya se garer de l'autre côté de la route, près des toilettes, un endroit où il ne gênerait pas la circulation. Une vingtaine de jeunes filles en descendit bientôt, ainsi qu'une dame coiffée d'un chapeau à fleurs : c'étaient des élèves de l'école de North Bay avec leur professeure. Celle-ci, pour le traditionnel voyage de fin d'année, avait choisi d'emmener sa classe de huitième voir les célèbres quintuplées, dans cet endroit que les touristes désignaient déjà sous le nom de « Quintland [1] ».

Alice Rivet et Edith Legault descendirent bonnes dernières de l'autocar. Elles avaient voyagé sur les sièges

---

1. « Pays des Quintuplées », en anglais.

surélevés du fond, juste au-dessus des roues arrière. Elles avaient longuement été secouées par les cahots du véhicule, sur la Route transcanadienne qui n'était goudronnée que par endroits ; à travers les vitres sales, elles avaient vu le paysage changer lentement, les habitations s'espacer jusqu'à se faire rares, la végétation se rabougrir pour laisser place aux étendues rocheuses ; enfin, après le village de Corbeil, vite traversé, elles avaient senti l'autocar prendre de la vitesse sur cette chaussée brillante et lisse qui menait à Quintland. À présent, la tête encore bourdonnante du vacarme du moteur, elles se tenaient devant le grand portail fermé, parmi plusieurs centaines d'autres personnes. Miss Darmon, leur professeure, qui était de petite taille, agitait son chapeau à bout de bras pour rallier ses élèves. C'était pourtant une précaution inutile, car ces dernières, impressionnées par la foule, restaient prudemment groupées autour d'elle. La pancarte derrière la grille annonçait la prochaine visite pour 14 h 30. Alice regarda l'heure au bracelet-montre d'un touriste : il était 14 h 25. Certains visiteurs commençaient à jouer des coudes pour se frayer un passage jusqu'au premier rang. D'autres se bousculaient pour accéder à ce qui semblait être un tas de galets amassés près de l'entrée. Penchés sur le monticule, ils considéraient les pierres avec attention, les effleurant du bout des doigts jusqu'au moment où ils en choisissaient une. Ils se relevaient alors et venaient reprendre leur place dans la queue, l'air satisfait. Certains glissaient aussitôt le caillou dans leur poche ; d'autres le gardaient un moment à la main pour l'examiner, la tête penchée, le nez contre la pierre comme pour la flairer, échangeant avec leur femme, leur mari, leur famille, des regards entendus.

– Qu'est-ce qu'ils font ? demanda Alice à Edith.

Sans répondre, celle-ci s'éloigna. Alice la vit disparaître dans la mêlée des corps penchés sur le tas de cailloux. Elle reparut bientôt, serrant contre sa poitrine deux galets gros comme des pommes de terre.

– C'est gratuit ! s'exclama-t-elle en tendant l'un des cailloux à son amie.

Alice observa l'objet : c'était un bloc de pierre ordinaire, poli par le temps, avec une cassure nette qui laissait voir de petits cristaux pris dans la masse.

– Je ne vois pas ce que ces pierres ont de particulier. Pourquoi les gens les ramassent-ils ?

– Ce sont des pierres de fertilité.

– Quoi ?

– C'est ce que m'a dit un type. Les femmes qui se frottent le ventre avec auront un bébé dans l'année.

– C'est n'importe quoi.

– Peut-être. En attendant, tout le monde en prend.

Assez rapidement après la naissance des petites, des explications surnaturelles à cette quintuple maternité avaient commencé à circuler dans le comté, au nombre desquelles l'influence supposée d'un magnétisme d'origine géologique. C'était surtout un sujet de plaisanterie, ce qui n'empêchait pas certaines personnes d'y croire. L'affaire avait pris un tour plus sérieux lorsque, à la fin du tournage du film *Le Médecin de campagne*, Jean Hersholt, l'acteur principal, était reparti pour Hollywood avec quelques pierres ramassées sur la propriété des Dionne, qu'il avait ensuite distribuées dans son entourage. Il avait alors suffi que l'hebdomadaire *Toronto Star Weekly* publie un article évoquant les vertus magiques des pierres à travers l'histoire et le monde, pour que les visiteurs de Quintland se mettent à récolter tous les cailloux qu'ils pouvaient trouver à proximité de l'observatoire. En quelques semaines, les abords avaient été entièrement ratissés. Avant que les touristes n'entreprennent de creuser le sol, il avait été décidé qu'une fois par jour, tôt le matin, un camion déverserait devant les grilles un chargement de galets provenant des rives du lac Nipissing. Au-dessus du tas, un écriteau indiquait : « Pierres de fertilité de Callander – GRATUIT ».

À 14 h 30 précises, un gardien sortit d'une guérite et s'approcha du portail. Un murmure parcourut la foule ; Alice se sentit gagnée par l'excitation.

– Je n'arrive pas à croire qu'elles sont juste là, derrière ce mur, glissa-t-elle à l'oreille d'Edith.

– Peut-être qu'elles n'y sont pas vraiment et que tout ce que nous verrons, ce sera cinq mannequins dans des poussettes, répondit son amie.

C'est alors que le portail s'ouvrit. Il se fit immédiatement un grand mouvement d'ensemble parmi les visiteurs. Alice, Edith et leurs camarades se sentirent comme aspirées en direction du portail. Pressées les unes contre les autres, elles virent l'ouverture se rapprocher à grande vitesse. Les premiers touristes couraient déjà sur le sentier qui menait à l'observatoire. Poussées par l'arrière, les écolières se mirent également à courir malgré elles, presque sans effort, portées par la marée humaine. Edith criait pour protester. Alice s'appliquait à éviter les coudes qui s'activaient tout autour d'elle de façon désordonnée. Il était inutile de résister, elle le sentait bien : si elle avait tenté de s'arrêter, elle aurait été renversée et piétinée.

Il ne leur fallut que quelques secondes pour atteindre l'entrée de l'observatoire. Sitôt passée la porte, la course s'arrêta net. Il régnait à l'intérieur de la galerie une fraîcheur et une pénombre d'église. Le flot des visiteurs, presque silencieux à présent, se scinda en deux, comme le cours d'une rivière qui rencontre un îlot. Instinctivement, Edith et Alice se donnèrent la main avant de s'engager dans le couloir de droite. Après un coude, la lumière reparut. Elle venait d'une rangée de fenêtres qui courait tout le long de la paroi. Les deux amies s'en approchèrent doucement. Derrière la vitre recouverte d'un fin treillis métallique s'étendait un jardin. Elles distinguaient un portique avec de petites balançoires, un bac à sable, deux parasols abritant des bancs. Une allée entourait le jardin, passant à quelques mètres des fenêtres d'observation. Cinq petits tricycles y stationnaient en désordre.

– Où sont-elles ? murmura Alice.

– Elles ne sont pas là, il n'y a personne.

– Crois-tu qu'elles viendront ?

– Comment veux-tu que je le sache ? répondit Edith à voix haute, ce qui fit aussitôt se retourner quelques touristes. Essayons de retrouver Miss Darmon, veux-tu ? reprit-elle un ton plus bas.

La jeune fille explorait la galerie du regard à la recherche du reste de la classe lorsqu'une pression brutale sur son bras la fit sursauter :

– Hé ! tu me fais mal. Qu'est-ce qui te prend ?

Pour toute réponse, Alice désigna une zone d'ombre à l'extrême droite du jardin, derrière le bac à sable. Là-bas, deux longues formes blanches semblaient s'approcher au ralenti. Le silence se fit dans la galerie. Tous les regards convergeaient vers ces fantômes. Les silhouettes blanches arrivèrent bientôt dans la lumière : c'étaient deux infirmières en blouse et bonnet blancs. Au bout de leurs bras, cinq fillettes minuscules marchaient à petits pas. Un long murmure parcourut l'observatoire. Un gardien en uniforme passa, répétant comme une litanie :

– Mesdames, messieurs, silence s'il vous plaît. Merci de respecter la tranquillité des quintuplées... Mesdames, messieurs...

Alice se pressa auprès de son amie. Joue contre joue, le front appuyé sur les mailles du grillage, elles virent le petit groupe contourner le bac à sable et s'avancer vers le centre du jardin. Devant un parterre, une des infirmières se baissa pour humer le parfum d'une fleur. Aussitôt, les cinq fillettes l'imitèrent. Elles se déplacèrent ensuite vers une deuxième plate-bande située à cinq mètres à peine du poste d'observation des jeunes filles, et rejouèrent la même scène. Elles étaient si proches à présent qu'Alice pouvait entendre la voix de l'infirmière : « Hmm, délicieux ! » Il lui sembla même qu'une des petites répétait : « Hmm ! » Les fillettes étaient vêtues d'une robe et d'un chapeau identiques. Pourtant Alice repéra rapidement Marie, qui était la plus petite, et il lui sembla même reconnaître Annette à son air enjoué.

Les infirmières rassemblèrent les quintuplées en ligne sur la pelouse, puis se placèrent face à elles. Elles levèrent les bras et tournèrent sur elles-mêmes. Trois des fillettes les imitèrent en se dandinant. Les deux autres petites restèrent immobiles, grimaçant et regardant à droite et à gauche comme si elles avaient attendu quelque chose. Le ballet se poursuivit ainsi pendant une minute ou deux, puis s'acheva sur une révérence. Certains spectateurs ne purent s'empêcher d'applaudir doucement, vite réprimandés par le gardien :

– Pas d'applaudissements, mesdames et messieurs, silence !

Mais il était déjà trop tard : tous les visiteurs purent voir les fillettes taper des mains en retour...

Après quelques minutes d'observation supplémentaires, Alice et Edith se trouvèrent entraînées vers la sortie avec le flot des spectateurs. Clignant des yeux dans la lumière vive du dehors, elles retrouvèrent leur professeure et leurs camarades de classe qui les attendaient.

— N'était-ce pas un charmant spectacle ? lança Miss Darmon à sa classe réunie.

— Oui, Miss Darmon, c'est fascinant comme ces cinq petites filles se ressemblent, répondit une élève.

— Quel dommage qu'on ne puisse pas leur lancer des cacahuètes ! grommela Edith.

Alice la coupa d'un coup de coude dans les côtes.

— Elles ne se ressemblent pas tant que ça. Avez-vous repéré celle qui est plus petite que les autres ?

— Oui, la Petite Poucette ! répondit une des jeunes filles. Elle n'a pas voulu danser avec ses sœurs.

— Elle s'appelle Cécile, dit une autre, je l'ai lu dans le journal.

— Non, dit Alice, tu te trompes. C'est Marie qui est la plus petite.

— Écoutez donc Mademoiselle Je-Sais-Tout, qui sait tout mieux que tout le monde ! s'exclama une blonde frisée.

— Je sais ce que je dis, insista Alice. Marie a toujours été la plus petite des cinq. Cécile est bien plus grande, ses cheveux sont plus longs et plus souples.

— Ah, ah ! Mais bien sûr ! Tu es une amie de la famille et tu vas manger chez les Dionne tous les dimanches après la messe.

Plusieurs élèves se mirent à rire. Alice sentit les larmes lui monter aux yeux. Edith s'avança, l'air menaçant, mais Alice l'arrêta d'un geste.

— Tu peux te moquer de moi, je m'en fiche, dit-elle. Les quintuplées sont toutes différentes. Chacune a ses particularités, sa personnalité, et si tu n'es pas assez intelligente pour l'admettre, ça n'y changera rien.

— Vous devez certainement avoir faim, jeunes filles. Aussi je propose que nous allions pique-niquer, lança opportunément Miss Darmon.

Alice et Edith avalèrent rapidement leur sandwich et leur pomme sur le parking, parmi une foule de touristes qui faisaient de même. Profitant de la confusion, Edith entraîna Alice à l'écart du groupe, puis sur la route où elles firent quelques pas en direction de Callander. Au fur et à mesure qu'elles s'éloignaient de l'agitation, Alice se sentit gagnée par le calme. Il lui semblait que son regard portait plus loin, que ses oreilles s'ouvraient aux bruits de la nature. Elle remarquait des fleurs poussant entre les cailloux du bord de la route, elle percevait les chants d'oiseaux cachés dans les sapins. Les deux jeunes filles arrivèrent bientôt devant une petite maison. Sur les marches de la véranda, cinq enfants, filles et garçons, étaient assis. L'aîné pouvait avoir dix ans.

— Bonjour, lança Alice.

Seule une petite fille répondit à son salut, les autres enfants restèrent silencieux.

— Nous sommes en visite avec notre classe, nous sommes venues avec l'autocar qui est garé là-bas, continua Alice.

La fillette qui avait dit bonjour se leva pour mieux voir l'autocar.

— Qu'il est grand ! dit-elle. J'aimerais bien monter dedans.

Elle s'avança vers les jeunes filles. Les autres enfants semblaient indifférents.

— Viens, dit Edith, laissons-les. Ils ont l'air complètement idiots.

— Non, attends.

Alice s'adressa à la petite :

— Comment t'appelles-tu ?

— Rose-Marie Dionne. J'ai huit ans.

— Ce sont tes frères et sœurs ?

— Oui. Ernest, mon grand frère, Thérèse, Daniel, Pauline…

Sa phrase resta en suspens, comme si elle allait ajouter quelque chose. Mais elle ne dit rien de plus.

— Pourquoi ne nous disent-ils pas bonjour ?

— Papa et Maman n'aiment pas que nous parlions aux étrangers. Mais vous, vous avez l'air gentilles, répondit Rose-Marie.

— Tu as dit que tu t'appelais Dionne, dit brusquement Edith. Serais-tu de la même famille que les quintuplées ?

La petite parut hésiter, puis, relevant la tête :

— Bien sûr, ce sont mes sœurs.

Edith la dévisagea d'un air incrédule.

— Tes sœurs ? C'est une blague ?

Rose-Marie répéta, l'air buté :

— Ce sont mes sœurs.

Alice posa une main sur le bras de la fillette.

– Moi, je te crois. Les quintuplées ont des frères et sœurs, c'est vrai, je l'ai lu. Et je sais aussi que la maison où elles sont nées n'est pas loin de la pouponnière.

– Est-ce que tu vas les voir quelquefois ? coupa Edith.

– Oui, nous y sommes allés à Noël et pour leur anniversaire.

Encouragée par le sourire d'Alice, Rose-Marie se mit à leur raconter son existence. Depuis deux ans, elle allait à l'école de Callander avec son frère Ernest. Les autres enfants, trop jeunes encore, restaient à la maison. Ernest et elle faisaient la route à pied, deux miles et demi matin et soir, tout au moins pendant la période de l'année où la route était praticable. Durant tout l'hiver, la neige leur imposait de longues vacances forcées. À Callander, ils apprenaient l'anglais. Rose-Marie était bonne élève, elle s'appliquait. Pour faire des progrès, elle discutait avec les touristes en visite à Quintland. À la maison, les Dionne ne parlaient que français. Elle expliqua à Edith et Alice comment, grâce à l'intérêt que les gens portaient aux jumelles, l'électricité et le téléphone étaient arrivés jusqu'à leur ferme. Les ampoules électriques avaient remplacé la vieille lampe à pétrole et les bougies, et ils avaient à présent un réfrigérateur dans leur cuisine. Elle leur dit aussi que souvent, les infirmières de la pouponnière leur faisaient don de jouets envoyés par des étrangers aux quintuplées, et que son père lui avait offert des poupées à l'effigie d'Yvonne, Annette, Cécile, Emilie et Marie.

Absorbées par la conversation, aucune des trois filles ne remarqua que la porte de la maison s'était ouverte.

– Rose-Marie !

La voix était autoritaire et la fillette se retourna instantanément. Ses frères et sœurs s'étaient volatilisés. À leur place, sous la véranda, se tenait à présent un homme de taille moyenne, mince, en bretelles et bras de chemise.

– Oui, mon oncle ?

– Viens par ici, Rose-Marie.

Puis, à l'intention d'Alice et Edith :

– Vous désirez, mesdemoiselles ?

– On discutait avec Rose-Marie. C'est interdit ? répondit Edith.

Alice se sentit rougir. L'effronterie de son amie envers cet adulte inconnu la mettait mal à l'aise. L'oncle haussa les épaules.

– Il ne faut pas rester là, dit-il simplement.

– Au revoir, Rose-Marie, fit Alice en souriant. Je crois que nous ferions mieux d'y aller.

Et elle prit le bras d'Edith.

– Au fait, où sont tes parents ?

– Dans le magasin, là-bas, répondit la fillette en montrant la direction du parking.

Après un signe de la main, les deux jeunes filles repartirent vers Quintland. Elles retrouvèrent leur groupe devant la boutique de souvenirs d'Oliva Dionne, et se glissèrent parmi leurs camarades qui y pénétraient.

Personne ne leur fit de remarque, comme si leur absence était passée inaperçue.

La boutique était vaste, mais les touristes y étaient tellement nombreux qu'on ne pouvait circuler entre les rayons sans heurter quelqu'un à chaque instant. Alice se fit marcher sur les pieds à plusieurs reprises. Les deux amies passèrent rapidement devant les étalages de couverts, d'assiettes, de plateaux décorés. Mais, arrivée au fond du magasin, Edith s'arrêta brusquement.

– Regarde ! souffla-t-elle.

Sur une étagère métallique, plusieurs exemplaires du même jouet étaient alignés : un lit grand comme une boîte à chaussures, qui contenait cinq poupées identiques allongées sous une couverture. Elles portaient des bonnets tricotés, leurs têtes reposaient sur de minuscules coussins, chacun brodé au nom d'une des fillettes. D'un geste vif, Edith écarta une couverture.

– Elles ont toutes la même taille ! Ce n'est pas normal, il faut une Petite Poucette !

– Elle s'appelle Marie ! protesta Alice.

– Cachées comme cela sous leurs bonnets avec la couverture remontée jusqu'au menton, on dirait plutôt les filles de l'ogre juste avant que leur père les égorge…

– Oh, arrête ! Tu me dégoûtes !

Alice cherchait du regard le groupe de leurs camarades, quand une voix dans son dos la fit sursauter :

– Magnifique, n'est-ce pas ?

Elle se retourna : un homme la regardait en souriant ; il ressemblait à l'oncle de Rose-Marie.

— Oliva Dionne, pour vous servir ! Vous avez très bon goût, mesdemoiselles, ces poupons sont les plus jolis du magasin. Bien sûr, ils sont un peu chers.

Alice, médusée, le fixait sans rien dire. Le père des célèbres quintuplées ! Et parmi toute cette foule, c'est à elle qu'il s'adressait ! Elle aurait voulu répondre, mais les idées lui manquaient. Elle ne pouvait qu'agiter les lèvres de façon mécanique. Au désespoir, elle se tourna vers Edith qu'elle savait moins impressionnable. Celle-ci, effectivement, n'était pas du genre à se laisser démonter :

— Nous avons fait connaissance avec votre fille Rose-Marie, monsieur Dionne, lança-t-elle.

— Ah oui ? s'étonna-t-il. C'est une gentille petite fille. Je vous prie de m'excuser, j'ai énormément de travail. La caisse se trouve près de la porte d'entrée, ajouta-t-il avant de s'éloigner à grandes enjambées.

— Drôle de bonhomme, conclut Edith. Viens, partons d'ici.

— Attends, je voudrais acheter un souvenir.

Alice choisit rapidement deux mouchoirs imprimés à l'effigie des quintuplées, l'un pour sa famille, l'autre pour Edith qui n'avait pas d'argent de poche. On y voyait les cinq fillettes occupées à gravir les marches d'un escalier, à quatre pattes et à la queue leu leu, toutes vêtues du même pyjama. Leurs prénoms étaient écrits sur les marches.

– Comment le trouves-tu ? demanda-t-elle.

– Ça va. Il n'est pas trop vilain.

À la caisse se tenait une jeune femme aux joues rebondies.

– Crois-tu que ce soit Mme Dionne ? chuchota Alice à l'oreille de son amie.

– Tu veux vraiment le savoir ?

Edith avança d'un pas décidé vers le comptoir.

– Êtes-vous la maman des quintuplées ? demanda-t-elle à la femme.

– Mais oui, ma petite !

– Ça, alors ! Et pourquoi n'habitent-elles pas chez vous avec Rose-Marie et les autres ?

– Elles ont besoin d'une surveillance médicale constante, ce sont des enfants fragiles.

– Allez-vous les voir souvent ?

De l'endroit où elle se tenait, Alice vit nettement les coins de la bouche de Mme Dionne s'affaisser et son menton se mettre à trembler. Edith insista :

– Quand reviendront-elles vivre dans votre ferme avec leur famille ? Vous n'allez tout de même pas les laisser passer leur vie dans cette espèce de zoo ?

– Je... Nous nous battons, mon mari et moi. Nous aimons nos filles... Vous ne comprenez pas...

Elzire Dionne ne put en dire davantage. Ses yeux s'emplirent de larmes qui se mirent à glisser le long de ses joues, jusque sur le comptoir de bois. Bouleversée, Alice laissa tomber ses mouchoirs sur un présentoir et sortit en froissant dans son poing fermé le billet de cinq dollars qu'elle avait préparé.

Dans l'autocar qui ramenait la classe de Miss Darmon vers North Bay, les élèves bavardaient gaiement. Beaucoup tenaient à la main un sachet contenant de précieux souvenirs qu'elles montraient avec fierté. On entendait des « oh ! » et des « ah ! » d'admiration. Un petit livre illustré de photographies racontant une journée des quintuplées et un bâton de sucre d'orge moulé en forme de bébé firent l'unanimité parmi les écolières. « J'aurais dû prendre ça ! » regrettaient déjà certaines. Toutes s'accordèrent à dire que ces merveilles ne coûtaient finalement pas cher, compte tenu de leur caractère exceptionnel. Seules Edith et Alice, réfugiées sur la dernière banquette, ne partageaient pas cet enthousiasme. Elles n'avaient pas besoin de se parler pour deviner que les mêmes images tournaient inlassablement dans leurs deux têtes : cinq petites filles bien vivantes, se promenant dans un jardin entouré de hautes grilles, sous la surveillance d'infirmières ; de l'autre côté des grilles, leurs sœurs jouaient avec des poupées à leur image, et leurs parents vendaient ces mêmes poupées à des curieux venus de loin pour observer les fillettes. « Aucun des membres de la famille Dionne n'est heureux », ressassait Alice, et cette idée la rendait infiniment triste.

13.

Journal d'Yvonne Leroux, 23 octobre 1936

Les premiers flocons sont tombés aujourd'hui, annonçant la fin de la saison touristique. Même si les deux récréations quotidiennes dans la cour de l'observatoire se passent bien, le bruit causé par les voitures et les visiteurs massés autour des grilles crée une tension permanente. J'ignore si les petites la ressentent tant leurs jeux semblent sereins. Nous, infirmières, sommes épuisées en fin de journée et nos moments de repos ressemblent plutôt à des cures de sommeil.

Les petites font beaucoup de progrès. Elles aiment chanter, danser et savent manger proprement avec leurs petites cuillères. Elles commencent aussi à parler très correctement, surtout Yvonne. Celle-ci répète souvent ses phrases, la première fois à l'intention des adultes, puis une deuxième fois pour ses sœurs qui les redisent docilement. Plus tard, Yvonne fera certainement une excellente maîtresse d'école.

20 novembre 1936

Quand je suis arrivée ici à Corbeil, le soir même de la naissance des petites, je pensais ne rester que quelques jours. J'étais bien loin de me douter que j'y serais encore deux ans et demi plus tard. J'étais évidemment encore plus loin d'imaginer que, grâce aux quintuplées, je rencontrerais l'homme que j'aime : à force de côtoyer Fred Davis, un jeune journaliste qui vient régulièrement prendre les petites en photo (et qu'elles adorent), je suis moi aussi tombée sous son charme. Nous avons décidé de nous marier l'année prochaine. En janvier, je quitterai la pouponnière pour aller vivre à Toronto avec Fred. J'ai longuement réfléchi avant de prendre ma décision. J'ai notamment demandé au docteur Dafoe s'il pensait que les petites souffriraient de ne plus me voir auprès d'elles. S'il avait répondu par l'affirmative, j'aurais été prête à reconsidérer les choses. Nous aurions pu différer notre mariage, ou décider de nous installer à Corbeil ou à Callander en attendant qu'elles grandissent. Mais il m'a assuré que Mlle Lameroux et lui-même suffiraient à assouvir leur besoin de stabilité affective. D'ailleurs, a-t-il ajouté, il n'est pas bon que les jumelles s'attachent trop aux personnes qui s'occupent d'elles. Même si elles ne les voient pas très souvent, elles ont des parents, et les infirmières ne doivent pas prendre leur place. Je partirai donc rassurée et confiante. Bien sûr, je ne manquerai pas de venir leur faire une petite visite, un de ces jours.

Après le départ d'Yvonne Leroux, la vie des fillettes dans la pouponnière se poursuivit selon la même routine.

Le lever, le coucher, les heures des repas, les moments de jeu ou de repos, la toilette, les examens médicaux, tous ces menus événements avaient lieu chaque jour aux heures que le docteur Dafoe avait fixées une fois pour toutes. On y dérogeait rarement, et seulement si des circonstances exceptionnelles le justifiaient. Dans ces conditions, n'importe quelle infirmière compétente était capable de donner satisfaction. C'est du moins ce que le médecin affirmait.

Quintland resta fermé au public durant tout l'hiver. Plusieurs tempêtes de neige se succédèrent, enrobant de blanc la région entière. Hormis le docteur Dafoe qui venait tous les matins, les seules visites que recevaient les fillettes étaient celles de leurs parents et, une à deux fois par saison, celle d'une équipe des actualités cinématographiques. Dans tous les cinémas du Canada et des États-Unis, ces petits reportages sur les quintuplées remportaient un succès considérable. Comme le docteur Dafoe n'autorisait la présence des reporters que pour une heure, les tournages se déroulaient de façon un peu précipitée. Au mois de février 1937, les journalistes souhaitèrent filmer les fillettes en train de jouer dans la neige. On les emmena donc dans la cour de la galerie d'observation, où se trouvaient les balançoires. Il y régnait un calme absolu qui rendait plus étrange encore la présence des grands écriteaux apposés aux murs pour inciter les touristes au silence. Les petites se montrèrent indifférentes aux efforts des adultes pour les dérider.

Mollement posées sur les balançoires, elles restèrent immobiles et ce fut à peine si la caméra put saisir l'ombre d'un sourire sur le visage d'Emilie.

Malgré leur défiance affichée à l'égard du personnel, les parents des fillettes s'astreignaient à venir une à deux fois par semaine. Elzire s'entretenait quelques instants avec Mlle Lameroux, désormais la seule à parler français, puis, revêtus des blouses blanches de rigueur (depuis le départ de Mme de Kiriline, on avait abandonné le port du masque chirurgical), ils s'asseyaient parmi leurs filles dans la salle de jeux. Invariablement, les petites leur amenaient des objets avec lesquels ils faisaient semblant de jouer d'un air embarrassé, avant de les poser devant eux. Ils répondaient au babillage des fillettes par de longues phrases raisonnables qu'ils essayaient de leur faire répéter, mais n'obtenaient en échange que de nouveaux objets à poser sur leurs genoux. Au bout d'une demi-heure, ils se levaient, étiraient leurs membres ankylosés et rentraient chez eux.

Elles continuaient à apprendre des formules, plus nombreuses, plus longues et toujours plus puissantes. La Première trouvait cela passionnant. Sans cesse elle en expérimentait de nouvelles, les combinant avec les anciennes et les essayant sur les personnes de leur entourage. Elle avait même fini par découvrir les formules qui convenaient à « celui qui crie » et à « celle qui pleure ». Mais ceux-là ne réagissaient guère : quand la Première disait « Pa' », « Ma' », c'étaient surtout les personnes vêtues de blanc qui manifestaient leur admiration.

    Un matin, elle réalisa que la personne aux mains douces n'était plus là. Après l'avoir cherchée en vain, elle supposa qu'elle se trouvait derrière la porte de la salle de jeux puisque c'était toujours par là que les gens disparaissaient et reparaissaient. Mais elle ne reparut pas. La Première prit alors l'habitude de répéter sa formule régulièrement. Lorsqu'en se réveillant, à l'aube, elle récitait dans son lit : « Onne ! Onne ! Onne ! », elle pouvait presque la sentir à ses côtés. Les autres personnes en blanc, celles qui poussaient la porte chaque matin, usaient d'ailleurs de la même formule pour s'adresser à elle. Elle s'appropria donc définitivement ce mot qui désignait à la fois les mains douces, toujours absentes, et elle-même, toujours présente.

14.

Cinq ans. Elles étaient grandes. « Enfin, pensait Yvonne, cinq ans ! » Elle répétait ces mots magiques, les faisant rouler sur sa langue comme des bonbons de sucre clair. Elle n'arrivait pas à imaginer qu'on pût être plus grand encore. Bien sûr, elle savait compter au-delà, elle connaissait la chanson des nombres que leur faisaient souvent répéter les infirmières : « un, deux, trois, quatre, cinq, six, sept, huit, neuf, dix ». Mais cinq ans, c'était autre chose. Quand elle disait ces mots, elle voyait une montagne immense qui dominait le monde, projetant son ombre sur tout le paysage. Des torrents la dévalaient, éclaboussant les rochers d'écume blanche et grondant de manière assourdissante. Rien ne pouvait dépasser cinq ans. Les adultes ne comptaient pas, ils appartenaient à un autre monde. Les infirmières leur avaient pourtant dit qu'un jour elles seraient adultes elles aussi. C'était peut-être vrai, mais cela n'arriverait certainement qu'au-delà de l'éternité, après la fin de ce monde-ci.

Cinq ans. C'est le moment qu'avait choisi une nouvelle personne pour apparaître à la porte. Elle s'appelait « Maîtresse ». Elle était arrivée un matin, à l'heure où l'on s'apprêtait à aller jouer dans la cour. Elle avait salué les infirmières, puis s'était avancée d'un pas décidé vers Yvonne et ses sœurs. Son buste s'était légèrement incliné. De sa bouche s'était échappé un flot de paroles chantantes. La Première, toute chaussée et habillée, s'était immédiatement sentie charmée par cette mélopée. Elle ne comprenait pas tous les mots, mais cela n'avait aucune importance : cette personne était belle, sa parole était une musique d'une harmonie parfaite, elle venait les voir en amie. Yvonne fit un pas et prit sa main, l'entraînant vers la porte qui donnait sur le jardin. Elle fut frappée par la douceur de cette main qui lui rappela celles d'Yvonne, l'infirmière disparue. La Première observa son visage à la recherche de traits familiers, mais n'en trouva pas : ce n'était pas Yvonne. Mais cette personne leur ramenait les mains douces qui avaient été bonnes pour elles, et pour cette raison elle l'aima.

Les jours suivants, Maîtresse était revenue. Elle avait fait asseoir Yvonne et ses sœurs sur les petites chaises de la salle de jeux disposées en cercle, pour leur apprendre une chanson. Elle les avait fait chanter ensemble, puis l'une après l'autre, leur soufflant les paroles et complimentant chacune à la fin de la chanson. Elle leur avait donné des crayons de bois et des étiquettes pour qu'elles écrivent leurs prénoms. Cela consistait à tracer sur du papier des bâtons et des courbes « comme le modèle », disait Maîtresse. La première fois, Yvonne avait cassé la pointe de son crayon tant elle l'avait serré fort. Maîtresse ne l'avait pas grondée, elle avait introduit le bout cassé du crayon dans une petite boîte, d'où il était ressorti à nouveau intact. « C'est un taille-crayon, avait-elle chantonné, il y a un petit couteau à l'intérieur. » Yvonne avait alors imaginé que s'y trouvait aussi un minuscule personnage actionnant le couteau. Les jours suivants, elle avait volontairement appuyé très fort sur le crayon pour en briser la pointe. Maîtresse le réparait, mais rangeait aussitôt le taille-crayon dans un petit sac qu'elle gardait auprès d'elle, et jamais Yvonne ne put jeter un regard à l'intérieur. Cependant elle faisait des progrès et bientôt, ses courbes et ses bâtons se mirent à ressembler beaucoup au modèle.

Maîtresse inventait toujours de nouveaux jeux avec les étiquettes. Par exemple, elle les mélangeait toutes et demandait à l'une des cinq de rendre son étiquette à chacune. Un jour, elle sortit de son sac une boîte en bois. « C'est une boîte à mots, déclara-t-elle avec un sourire, nous y mettrons tous les mots que nous aurons envie d'écrire. » Chaque jour, Maîtresse leur demandait de choisir un nouveau mot. Il y eut « chiot », puis « chaussure », « courir », « jaune »... Maîtresse écrivait le mot sur une étiquette, elles l'observaient, le recopiaient « comme le modèle », puis il allait rejoindre les autres dans la boîte.

Un matin, Yvonne proposa un mot qu'elle connaissait bien pour l'avoir souvent entendu dans la bouche du docteur Dafoe. Le docteur ne parlait pas comme Mlle Lameroux, ni comme leurs parents, ni même comme Maîtresse. Yvonne et ses sœurs l'aimaient beaucoup, mais son langage leur était en grande partie incompréhensible. Les autres adultes l'écoutaient pourtant avec une grande attention. Si ces mots allaient dans la boîte, se dit Yvonne, peut-être comprendraient-elles mieux les paroles du docteur. Lorsqu'elle proposa le mot « littlegirls », Maîtresse suspendit son crayon. « C'est un joli mot, dit-elle, et je vais l'écrire pour vous. Mais nous devrons le ranger dans une autre boîte. » Elle leur expliqua alors que les gens ne parlent pas tous la même langue ; que là où elles vivaient, dans ce pays qu'on appelle le Canada, certains parlaient l'anglais et d'autres le français ; et que plus tard, comme leur papa, Yvonne et ses sœurs apprendraient à parler ces deux langues.

Dans le jardin, à l'heure de la récréation, Emilie se plaça face aux autres. « Vous avez compris ? dit-elle. À cinq ans, on n'a qu'une langue. Après, on en a deux, comme les adultes. Montrez-moi les vôtres ! » Dociles, elles s'exécutèrent, au garde-à-vous. Emilie passa devant ses sœurs, examinant et touchant chaque langue. « C'est bien. La deuxième commence déjà à pousser. Je suis fière de vous ! » Bientôt, des filets de bave coulèrent sur leurs cols. Maîtresse frappa dans ses mains et annonça qu'il était temps de rentrer.

Le soleil semblait devenir plus chaud, et le soir, il s'attardait un peu avant de disparaître derrière les collines. L'après-midi, les infirmières habillaient les quintuplées de robes légères pour les emmener dehors. La belle saison avait également ramené les visiteurs cachés derrière les murs qui entouraient la cour. Elles les entendaient; elles les sentaient. À chaque fois qu'elles dansaient sous la direction des infirmières, ces personnes invisibles manifestaient leur présence par des sons étouffés. Yvonne et ses sœurs s'amusaient à provoquer leurs réactions en grimaçant ou en se livrant à diverses acrobaties. Un matin, Annette eut l'inspiration d'aller frapper sur le mur de planches. Ses sœurs trouvèrent l'idée excellente et, au bout d'une minute, les cinq tambourinaient ensemble sur la palissade. Quand, fatiguées de taper, elles s'arrêtèrent, elles eurent la surprise d'entendre des coups frappés de l'autre côté du mur. Les visiteurs leur répondaient! Dès lors, elles n'eurent de cesse que de recommencer. Cela devint leur jeu préféré. Les infirmières cherchaient constamment à les éloigner du mur, mais elles n'étaient que deux. Il était facile pour les fillettes de tromper leur vigilance. À chaque fois que l'une des cinq réussissait à frapper le mur et obtenir une réponse des visiteurs, les autres applaudissaient en riant.

Quand Maman et Papa venaient les voir, la visite se déroulait suivant un rituel auquel elles se pliaient de bonne grâce. D'abord les embrassades : Marie s'avançait en premier, suivie d'Emilie, puis de Cécile, Annette et enfin Yvonne, de la plus jeune à l'aînée, ainsi qu'on le leur avait appris. Elles étaient fières de ne jamais se tromper. Ensuite, on sortait pour une promenade dans le jardin, chacune des petites essayant de prendre une main de Papa ou Maman. S'il pleuvait, on jouait à l'intérieur. Yvonne et ses sœurs préféraient la promenade, car les parents ne savaient pas bien jouer. Parfois Papa se mettait à quatre pattes et elles pouvaient monter sur son dos à tour de rôle ; c'était très amusant. Mais le plus souvent, les parents restaient assis par terre, parlant et manipulant les jouets d'un air ennuyé. Il leur arrivait de participer au goûter : ils s'asseyaient avec elles à la table de la salle à manger et entreprenaient de les gaver de compote à la petite cuillère. Les petites, qui savaient parfaitement manger toutes seules, se laissaient d'abord faire. Puis, lassées, elles commençaient à s'agiter, s'amusaient à serrer les dents sur la cuillère, à garder la bouche ouverte jusqu'à ce que la compote coule sur leur menton, ou à produire des sons inarticulés comme si elles avaient encore été des bébés. Maman s'agaçait, disait « Non ! », donnait parfois une tape sur la main d'une des sœurs. Papa faisait la grosse voix. Alors, les infirmières intervenaient, menaçant de reprendre la compote et les verres de lait. Les petites se calmaient et terminaient leur repas proprement. Les parents partaient rapidement ensuite. Soulagées, les fillettes les embrassaient à nouveau avec enthousiasme, puis elles allaient se poster à la fenêtre d'où, au signal des infirmières, elles leur adressaient de petits baisers du bout des doigts.

15.

Jusqu'alors, les petites n'étaient jamais sorties de l'enceinte de Quintland, sauf un jour où le docteur Dafoe avait autorisé Oliva Dionne à les promener quelques minutes dans son automobile. Au mois de mai 1939, l'occasion fut donnée aux fillettes de faire un périple de plus de deux cents miles, mais aussi, pour la première fois de leur vie, de dormir ailleurs que chez elles. Le roi George VI, nouveau souverain du Royaume-Uni et du Commonwealth[1], effectuait un voyage protocolaire en Amérique du Nord. Le gouverneur général du Canada fit savoir à Dafoe que le monarque avait émis le souhait de rencontrer les quintuplées. Il n'était bien sûr pas question de refuser l'invitation.

Pendant plusieurs semaines, la vie à la pouponnière s'organisa autour de la préparation de ce voyage. C'est

---
1. Le Commonwealth est une association d'États autrefois membres de l'Empire britannique et devenus indépendants depuis, comme le Canada, l'Australie, l'Inde...

à Toronto que devait avoir lieu l'entrevue avec George VI et son épouse, la reine Elizabeth. On entraîna les petites à faire la révérence et à prononcer quelques phrases en anglais. La veille du rendez-vous, deux voitures de la police du comté emmenèrent les fillettes, deux infirmières, leur institutrice et le docteur Dafoe à la gare de North Bay où les attendait un train spécialement affrété. Elzire, Oliva Dionne et leurs autres enfants, qui étaient aussi du voyage, patientaient déjà sur le quai. Un wagon entier était réservé aux quintuplées et à leur entourage habituel, un autre était prévu pour le reste de la famille Dionne. À 20 heures, le train s'ébranla pour un voyage qui devait durer toute la nuit. Les petites ayant dîné à la pouponnière avant le départ, on les coucha rapidement et elles s'endormirent sans faire de difficultés.

On les réveilla tôt pour le petit-déjeuner et la toilette, on les habilla de robes blanches cousues exprès pour l'occasion. Le jour se levait quand le convoi ralentit et arriva en gare de Toronto. Pressées aux fenêtres du wagon, les petites regardaient les immeubles gigantesques éclairés par le soleil au ras de l'horizon. Dans un dernier grincement de freins, la locomotive s'immobilisa sous l'immense hall. Un cordon de policiers déployé le long de la voie maintenait un groupe de curieux à distance. À la vue des cinq petits visages, les flashes se mirent à crépiter de façon frénétique. Ce fut Marie qui, la première, céda à la panique : le visage encore collé à la vitre, elle se mit à hurler, inondant le carreau de larmes. L'instant d'après, toutes les cinq sanglotaient. Les pouvoirs de persuasion de Maîtresse, les cajoleries du docteur Dafoe n'y purent rien changer, et c'est en larmes que les fillettes débarquèrent. Cependant, comme leurs infirmières souriaient en agitant la main en direction de la foule, les jumelles se mirent à les imiter et y trouvèrent un réconfort certain.

Sur le parvis de la gare, les voyageurs s'engouffrèrent dans deux grosses limousines qui, précédées par des policiers à moto, traversèrent la ville sans s'arrêter aux feux rouges. Un ascenseur propulsa ensuite la tribu des Dionne au sommet de l'immeuble du gouvernement canadien où les attendait un maître de cérémonie au large sourire. Virevoltant dans son costume queue-de-pie, il fit répéter aux fillettes les révérences qu'elles avaient préparées. Elles devraient ensuite s'asseoir avec leurs parents sur deux canapés tendus de tissu rouge et blanc, en face de deux fauteuils où les souverains prendraient place pour converser avec elles. Yvonne et ses sœurs, très à l'aise, buvaient ses paroles et s'appliquaient à bien faire avec un plaisir évident. Mme Dionne, très pâle dans sa robe noire, s'accrochait au dossier d'une chaise comme si elle allait tomber.

Dissimulée derrière quelque tenture, une clochette tinta. Une voix puissante annonça : « Leurs Majestés George VI et Elizabeth d'Angleterre ! » Précédés du maître de cérémonie, le roi et la reine défilèrent devant les personnes au garde-à-vous sur le tapis, serrant leurs mains et les saluant de quelques paroles. Ils vinrent ensuite se placer face aux fillettes. Celles-ci exécutèrent leurs révérences avec assurance. Ces mouvements avaient été si longuement préparés et répétés avec les infirmières que ces dernières, au moment de leur réalisation, ne purent s'empêcher d'accompagner de la main les courbettes des quintuplées, comme elles l'avaient fait tant de fois auparavant. On aurait dit des marionnettistes manipulant cinq petits pantins au bout de longs fils. Les petites récitèrent ensuite le compliment qu'elles savaient par cœur puis, fort satisfaites d'elles-mêmes, sautèrent sur les canapés. Le roi et la reine avancèrent leurs sièges et la conversation s'engagea :

– Do you work well with your teacher ? dit la reine.

Le maître de cérémonie se pencha vers les petites :

– Sa Majesté voudrait savoir si vous travaillez bien avec votre institutrice.

Le visage d'Yvonne se mit à rayonner.

– Mais oui, répliqua-t-elle, nous avons déjà appris à écrire et à chanter. À présent, je voudrais savoir dessiner des dromadaires.

– Et des singes ! ajouta Cécile.

– Est-ce qu'il y a des singes et des dromadaires là où vous habitez ? questionna Emilie.

La reine les félicita et répondit à leurs questions. Puis ce fut au tour de roi de prendre la parole. Bien qu'un sourire éclairât son visage, sa voix exprimait une certaine gravité. Il parla lentement, détachant bien ses mots et les accompagnant parfois d'un geste, comme pour en souligner l'importance. Les petites, saisies par son sérieux, l'écoutaient avec attention en attendant les explications du maître de cérémonie. Il leur demanda si elles aimaient leur pays, le Canada.

– Oh! oui. C'est un grand et beau pays, répondirent-elles en chœur, exactement comme on le leur avait appris.

Le roi leur dit encore ceci : loin d'ici, dans la région d'où il venait, une armée de soldats commandée par de méchants hommes tentait d'imposer sa loi à tous les autres. Il fallait se défendre : c'était la guerre. Et à lui, le roi, revenait la grande responsabilité de réunir les gens courageux qui devraient se battre. Ici, au Canada, des hommes comme leur papa, Oliva Dionne, seraient appelés pour partir en guerre et défendre la liberté. Quant à elles cinq, il leur demandait de penser très fort à leur pays et à ses soldats. De cette manière, elles seraient des exemples pour tous les petits Canadiens. Les petites ne comprenaient pas tout, mais elles étaient si désireuses de plaire au roi qu'elles promirent d'être des exemples et de penser de toutes leurs forces aux soldats canadiens.

L'entrevue s'acheva. Aussitôt que les monarques eurent quitté la pièce, la caravane des Dionne reprit le chemin de la gare sous bonne escorte. Les fillettes furent priées d'embrasser leurs parents sur le quai puisque, comme à l'aller, ils voyageraient dans un autre wagon. Au moment de quitter son père, Yvonne, prolongeant un peu l'étreinte, lui souffla :

— Papa, est-ce que tu iras faire la guerre au pays du roi George ?

Oliva Dionne eut un sourire :

— Hé, hé ! je ne crois pas, ma petite Yvonne.

— Pourquoi, Papa ? Est-ce que tu n'es pas assez fort ?

— Oh ! si. Je suis très fort ! Mais, vois-tu, comme j'ai beaucoup d'enfants et que tous, vous avez besoin d'un papa fort pour s'occuper de vous, alors je crois que le roi George me dispensera d'aller à la guerre. Tu es contente, n'est-ce pas ?

Yvonne n'en était pas sûre, mais elle hocha tout de même la tête en signe d'assentiment.

Plus tard, quand on l'eut couchée auprès de ses sœurs, elle essaya de s'imaginer des soldats qui se battaient. Ils avaient posé leurs fusils dans l'herbe et s'empoignaient les uns les autres, comme elle et ses sœurs faisaient quelquefois. Comme elles, ils essayaient de se saisir par les cheveux, mais leurs casques les en empêchaient. C'était presque une danse, rythmée par le balancement souple du wagon et le grondement des roues sur les rails. Elle s'endormit en souriant.

Alice et Edith venaient de terminer leur dernière année d'école secondaire. Elles avaient toutes deux obtenu leur diplôme, brillamment pour l'une, avec l'indulgence du jury pour l'autre, et savouraient avec délices les premiers jours de vacances. Allongées sur deux chaises longues disposées côte à côte derrière la maison de la famille Rivet, elles lisaient : pendant qu'Alice disparaissait derrière les feuillets dépliés du journal local, Edith tournait lentement les pages d'un roman, lâchant de temps en temps un ricanement ou une expression étouffée.

– Je ne sais pas comment ce bouquin a fait pour se retrouver à la bibliothèque de l'association catholique, mais je t'assure, Lili, que tu devrais le lire !

Depuis ses débuts timides en lecture avec les livres prêtés par son amie, Edith avait beaucoup progressé. Elle écumait à présent les rayons de la bibliothèque de North Bay à la recherche d'ouvrages écrits par des femmes.

– C'est signé Willy et Colette, mais je crois, moi, qu'un homme est incapable d'écrire de cette façon. Écoute un peu : « Un reste de bon sens attarde ma main, avant de sonner chez Rézi. Mais ce bon sens-là, je le connais puisque c'est le mien, il me sert, juste une minute avant les gaffes, à goûter ce plaisir lucide de me dire : "C'est la gaffe." Avertie, j'y cours sereine...[1] »

– Je le lirai, coupa Alice.

Puis, abaissant son journal et tournant vers Edith un visage grave :

– Crois-tu que le Canada va entrer en guerre ?

– Tu parles de la guerre qui se prépare en Europe avec l'Allemagne ? Qu'est-ce qu'on irait faire dans cette galère ?

---

1. Extrait de *Claudine en ménage* de Willy et Colette (Mercure de France, 1902 pour la première édition).

— C'est compliqué, je ne comprends pas tout. Mais regarde ça.

Elle lui tendit le journal ouvert aux pages nationales. « GEORGE VI RENCONTRE LES QUINTUPLÉES DIONNE », disait le titre.

— Encore avec tes Dionne ? railla Edith. C'est de pire en pire. Regarde-moi ces robes, on dirait cinq mariées miniatures !

— Il ne s'agit pas de ça. Enfin si, justement, il est question d'alliances. Lis l'article.

Edith obéit. Pendant une minute, on n'entendit plus que le bruit du papier qu'un vent léger faisait bruisser.

— Ce n'est pas très clair, dit-elle enfin, mais il est écrit ceci : « Si l'Angleterre entre en guerre, le Canada devra suivre. » C'est pour le rappeler à nos dirigeants que le roi George est venu à Toronto.

Elle posa le journal sur ses jambes.

— Mon père dit qu'Hitler est un salaud, reprit-elle.

— Ton père n'a pas tort, répondit Alice, c'est même un fou dangereux.

— Pourquoi ? Qu'est-ce qu'il a fait, au juste ?

— Vraiment, tu ne le sais pas ? Tu devrais lire les journaux plus souvent.

— Disons que je compte sur toi pour parfaire mon éducation et me sauver de l'ignorance. Alors ?

— Hitler annexe les pays voisins de l'Allemagne, il dresse les gens contre les juifs, il affirme qu'il faut éliminer les handicapés et les malades mentaux.

– Alors il faut choisir son camp et combattre ce type. C'est simple.

– Simple ? Si tu en avais l'âge, tu t'engagerais dans l'armée ?

– Oui.

– Mais tu ne l'as pas encore. Tu vas devoir patienter et t'occuper en attendant. As-tu réfléchi à ce que tu feras l'année prochaine ?

– Je ne sais pas, je n'ai que des idées qui coûtent cher. Et malheureusement pour moi, ma famille n'est pas riche.

– Pourquoi ne t'inscrirais-tu pas au concours de l'École Normale d'institutrices avec moi ?

– Non, ce n'est pas un métier pour moi, je n'aurais pas la patience nécessaire. Tu sais, mon père me tanne pour que j'entre à l'école d'infirmières, et je crois que je vais me laisser faire. Au moins, je pourrai aller vivre à Toronto ou Ottawa.

– Ça ne t'embête pas de quitter la région ?

– Tu plaisantes ? Dis-moi un peu quelles raisons j'aurais d'y rester ?

– Les gens ? Par exemple, est-ce que tu sais que Marcel Balfour est amoureux de toi ?

– Tiens donc ! C'est bien ma veine : pour une fois qu'un garçon s'intéresse à moi, il faut que ce soit un trouillard.

– Marcel n'est pas un trouillard, tu es injuste ! Il est gentil et intelligent. Toi qui te plains constamment de la brutalité des garçons, tu devrais reconnaître ses qualités.

– Peut-être que tu as raison, Lili. Mais vois-tu, il ne m'intéresse pas, c'est comme ça. En vérité, la seule personne que j'aurai du mal à quitter, c'est toi. Mais comme tu pars aussi...

Les deux amies restèrent silencieuses pendant quelques minutes. Edith avait rouvert le journal et examinait la photographie des quintuplées qui illustrait l'article. Les cinq fillettes, alignées sur le quai de la gare de Toronto, arboraient cinq robes identiques, des robes blanches mousseuses qui descendaient jusqu'à terre, ne laissant dépasser que le bout de leurs chaussures crème. Avec leurs manches courtes, transparentes, et leurs gants en résille, elles ressemblaient, comme la jeune fille l'avait justement remarqué, à des mariées en modèle réduit. Les boucles anglaises qui s'échappaient de leurs chapeaux blancs renforçaient encore cette impression.

– C'est comme si on les offrait en mariage au roi, murmura-t-elle. Dégoûtant !

– Je croyais que les quintuplées ne t'intéressaient pas, souffla Alice.

– Je ne devrais pas m'y intéresser, mais c'est tellement honteux que je ne peux pas rester indifférente. C'est toujours la même histoire : les gens profitent d'elles. Est-ce que tu crois que ça changera un jour ?

16.

Le 1ᵉʳ septembre 1939, l'Allemagne nazie envahit la Pologne. La France et le Royaume-Uni lui déclarèrent aussitôt la guerre, imités une semaine plus tard par le Canada. Dans les jours qui suivirent, soixante mille volontaires s'engagèrent dans les forces armées canadiennes. C'était plus qu'il n'en fallait pour écarter la nécessité d'une mobilisation générale.

Un soir, rentrant chez lui après une journée passée à la pouponnière, le docteur Dafoe trouva dans son courrier une lettre portant le cachet d'un bureau de poste de la ville de Québec. Elle émanait d'un avocat qui, au nom de son client Oliva Dionne, réclamait au médecin des comptes détaillés concernant l'éducation des quintuplées. Dafoe soupira. Depuis la naissance des petites, il avait progressivement abandonné l'exercice de la médecine de ville pour se consacrer exclusivement à elles. Il était leur médecin, leur tuteur et le principal gestionnaire de leurs intérêts.

Grâce à lui, elles étaient en parfaite santé, protégées de la trop grande curiosité de leurs contemporains, et elles bénéficiaient de la meilleure éducation possible. De plus, en négociant habilement de nombreux contrats publicitaires, il avait réuni à leur intention une véritable petite fortune qui les tiendrait à l'abri du besoin bien au-delà de leur majorité. Chaque jour, il se rendait à la pouponnière, régnant sur leur emploi du temps, veillant à tout. Depuis plusieurs années il leur consacrait son existence, à tel point qu'il ne pouvait envisager sérieusement qu'il pût désormais en être autrement. Que feraient-elles sans lui ? Certainement, se dit-il, c'est tout cet argent qui intéressait Dionne. Il empocha la lettre, se promettant de ramener le fermier à la raison à la première occasion. Puis il se remit au travail : il devait justement préparer une série de conférences aux États-Unis sur le suivi médical des quintuplées.

Le roi George leur avait écrit une lettre pour les remercier d'être venues le voir à Toronto. C'est Maîtresse qui la leur avait lue. Avec la lettre, il y avait une photographie prise le jour de la rencontre : lui, tellement grand dans son bel uniforme, elles cinq autour de lui, dans leurs belles robes, si semblables que Maîtresse avait du mal à les reconnaître. « Mais si, lui disait la Première, voici Marie, la plus petite, Cécile qui grimace, Annette qui est si jolie. Emilie a envie de rire, on le voit à ses yeux. Moi, je me tiens bien droite. » Ce voyage leur avait plu et elles ne cessaient de demander au docteur si elles reprendraient bientôt le train. La prochaine fois, disaient-elles, elles monteraient dans le même wagon que leur sœur Pauline. Pauline avait six ans. Elle venait quelquefois à la pouponnière avec Papa et Maman. Ces jours-là, on s'amusait beaucoup, même les parents riaient. Pauline leur montrait comment faire des cabrioles. Un jour, Yvonne avait demandé à Papa pourquoi leurs autres frères et sœurs ne venaient jamais les voir. « Ils s'occupent de leurs petits chiots, avait-il répondu, cela leur donne beaucoup de travail. » « Je voudrais un chiot, moi aussi », s'était exclamée Marie. « Tu en auras un », avait dit Papa. Puis il avait pris Marie sur ses genoux et leur avait expliqué que bientôt ils vivraient tous ensemble dans une grande et belle maison, toute la famille enfin réunie. Elles auraient le droit d'aller seules dans le jardin, il les emmènerait faire des promenades en auto. Et chaque jour, elles pourraient jouer avec leurs frères et sœurs et tous les chiots qu'elles voudraient. « Aurons-nous encore nos infirmières ? » avait demandé Emilie. « Vous n'en aurez plus besoin », avait rétorqué Papa. Mais il s'était vite ravisé devant la mine renfrognée qu'Emilie avait prise : « Allons, ne fais pas la tête, nous garderons les infirmières si tu veux. » Il leur avait également assuré que Maîtresse pourrait rester avec elles. Elles étaient ses filles chéries et, lorsqu'ils habiteraient cette grande maison, il leur donnerait tout ce qu'elles voudraient.

Lorsqu'elles eurent six ans comme Pauline, les longues files de voitures revinrent se garer le long des grilles, et les visiteurs se remirent à défiler derrière les murs de la cour de récréation. Deux fois par jour, elles allèrent glisser les unes derrière les autres sur le toboggan en tenant leur robe plaquée sur leurs genoux comme on le leur avait appris, et s'asseoir toutes les cinq sur la grande balancelle, face au mur derrière lequel on entendait des voix étouffées. Elles en parlaient parfois entre elles : « Ils sont bruyants aujourd'hui, vous ne trouvez pas ? » lançait l'une des cinq. Mais cela ne les dérangeait pas, au contraire, et elles savaient parfaitement provoquer les réactions des visiteurs lorsqu'elles le souhaitaient. Un après-midi, Marie s'arrêta au sommet de l'échelle du toboggan et se tourna vers Yvonne qui la suivait : « Est-ce que les visiteurs viendront quand nous habiterons dans la grande maison avec Pauline et les chiots ? » lui dit-elle. « Sûrement. Peut-être qu'il n'y aura pas de mur et que nous pourrons les voir. »

Chaque jour aussi, elles continuaient à travailler avec Maîtresse. Elles savaient un peu lire, à présent : « Pa-pa fu-me la pi-pe, l'â-ne tê-tu tro-tte », il suffisait de déchiffrer pour que les images prennent vie dans leurs têtes comme par magie. Avec leurs infirmières, elles apprenaient à devenir de bonnes petites, de bonnes chrétiennes, et pour quand elles seraient grandes, de bonnes ménagères comme leur maman. Pour devenir une bonne ménagère, il fallait par exemple ranger les jouets avant d'aller au bain, nettoyer la table avec un chiffon humide après le repas, ou laver les petites cuillères du goûter à l'eau savonneuse.

Dafoe ouvrit les volets de la cuisine. Le soleil tardait à se lever, mais la vague lueur de l'aube suffisait à faire scintiller le givre des toitures. Le café chauffait sur la cuisinière. Dans un instant, il s'en servirait une deuxième tasse, puis il bourrerait sa pipe et partirait pour sa première visite de la journée à la pouponnière. Il tendait la main vers la cafetière lorsque le téléphone sonna. Au bout du fil, un homme le salua poliment avant de se présenter : c'était l'avocat québécois d'Oliva Dionne. En un éclair, le docteur Dafoe se rappela la lettre oubliée dans une poche de sa veste d'été, et ses molles tentatives de discussion avec le père des fillettes, qui s'était dérobé à chaque fois. L'avocat était en ville et souhaitait le rencontrer. Dafoe lui donna rendez-vous pour le début de l'après-midi.

À l'heure dite, l'homme de loi était là. La quarantaine, grand, mince, élégant, il fit immédiatement bonne impression au médecin. Il s'assit dans le fauteuil du salon que lui désigna Dafoe, refusa un café, mais accepta un cigare. Le docteur, quant à lui, se servit une énième tasse – il buvait trop de café et fumait trop, il le savait ; il essayait de modérer sa consommation, mais les moments de stress tels que celui-ci entamaient facilement sa détermination. En quelques phrases, l'avocat (il s'appelait Gaudette) lui exposa la situation : l'entrée en guerre du

Canada avait exacerbé les vieilles rancœurs de la communauté francophone ; elle dénonçait par exemple le fait que les soldats québécois étaient incorporés dans des régiments commandés par des officiers anglophones dont les ordres leur étaient incompréhensibles. C'est dans ce contexte de tensions que Dionne avait été approché par un groupement de défense des intérêts francophones. Cette organisation voyait en effet dans la situation des quintuplées une occasion de dénoncer le mépris du gouvernement à l'égard des Canadiens de langue française. Lui, maître Gaudette, était chargé de plaider la cause d'un retour des fillettes au sein de leur famille, au cours d'un procès qui serait prochainement intenté à l'équipe de tutelle des quintuplées.

Dafoe, machinalement, avait bourré et allumé sa pipe. Il s'en voulait de sa faiblesse, mais la première bouffée balaya ses scrupules.

— Cette demande, quelles chances a-t-elle d'aboutir, à votre avis ? souffla-t-il dans un nuage de fumée parfumée.

— Il est bien sûr impossible de prévoir l'issue d'un procès, Docteur, mais il est évident que le gouvernement est prêt à faire un certain nombre de concessions pour apaiser la communauté francophone. Il est donc permis de douter que le ministre de la Santé restera arc-bouté sur ses positions quant au tutorat. D'ailleurs, vous le savez, la tutelle n'est que provisoire. D'autre part, M. Dionne présente toutes les garanties de bonne moralité qu'on peut attendre d'un père de famille.

— Je n'en doute pas, coupa sèchement Dafoe. Seulement je pense à l'intérêt de ces fillettes. Vous savez à quel point elles sont célèbres. Croyez-vous qu'elles puissent un jour mener une existence normale ? Que leur place soit dans une maison ordinaire, avec une famille ordinaire ? La réponse est non. Aussi longtemps qu'elles vivront, le monde entier restera à l'affût de leurs moindres gestes, et chacune des péripéties de leurs existences sera traitée comme un événement national. Il est du devoir de l'État, et aussi du mien, de les protéger de la folie du monde.

Sa main tremblait quand il attrapa la boîte d'allumettes posée sur la table basse. Il frotta trop vivement la première qui se cassa, puis une autre. À la troisième, il réussit enfin à maîtriser son geste et rallumer sa pipe. Maître Gaudette laissa passer un temps avant de reprendre doucement :

— Ne vous méprenez pas, Docteur, je ne suis pas contre vous. Je connais bien l'histoire des quintuplées et je vous admire, comme beaucoup de Canadiens. Et surtout, je ne souhaite absolument pas perdre de vue l'intérêt des fillettes. Nous sommes, vous et moi, deux acteurs de cette aventure. Je ne toucherai aucune rémunération supplémentaire si le jugement se révèle favorable à mon client. Mais je pense sincèrement qu'il finira tôt ou tard par obtenir gain de cause. Pourquoi n'essaieriez-vous pas de vous rapprocher de M. Dionne pour préparer avec lui les prochaines années de la vie des petites ?

— Mais cet imbécile refuse systématiquement la discussion ! s'emporta le médecin.

— Ses précédents déboires l'ont rendu méfiant, n'est-ce pas naturel ? Mais cela peut changer, il ne tient qu'à vous. Acceptez d'envisager l'idée d'un retour des quintuplées chez elles avant d'y être forcé, Docteur. C'est en collaborant avec leur famille que vous pourrez les aider au maximum. Vous êtes la personne au monde qui les connaît le mieux. Il faut à tout prix éviter une rupture, car elles auront toujours besoin de vous. Personne n'a vraiment envie de ce procès.

Enfoncé dans son fauteuil, Dafoe fixait l'avocat sans rien dire. Sa pipe était à nouveau éteinte, il sentait la chaleur du fourneau s'évanouir doucement au creux de sa paume. « Comme mes forces... » se dit-il. Pourtant il trouva celle de se lever en souriant et de tendre la main à l'avocat :

— Merci pour votre sincérité, monsieur. Je tiendrai compte de vos conseils.

Il attendit que la voiture du visiteur ait démarré pour préparer une autre cafetière.

17.

Le voyage avait duré quinze heures et vingt-sept minutes, Yvonne avait pu le calculer avec précision grâce à sa nouvelle montre-bracelet. Toutes les cinq avaient la même, un cadeau de leur père, un peu en avance, pour leurs neuf ans. Sur le cadran, leurs portraits dessinés souriaient de toutes leurs dents, entre les chiffres et l'axe des aiguilles. Papa leur faisait souvent des cadeaux. Il leur parlait aussi sans cesse de la grande maison dans laquelle ils vivraient bientôt ensemble. À sa dernière visite, il leur avait demandé de quelle couleur elles aimeraient qu'en soient les murs. « Rose ! » avait aussitôt dit Marie. Papa avait répondu que ce ne serait pas raisonnable, il ne voulait pas que l'hiver, par temps de neige, sa maison ressemble à une grosse glace à la fraise recouverte d'une couche de crème chantilly. Elles avaient éclaté de rire. Il était drôle, leur papa ! « Pourquoi pas jaune ? avait alors proposé Yvonne. Même quand il neigera, nous aurons l'impression d'être au soleil. »

Papa l'avait embrassée en disant que c'était une idée formidable.

C'était la deuxième fois de leur vie qu'elles prenaient le train. Cette fois-ci, leur grande sœur Pauline avait eu l'autorisation de monter dans le même wagon qu'elles. Elles s'étaient amusées comme des folles. En cachette, Annette lui avait donné sa montre. « Tu n'as pas peur que Papa te gronde ? » avait demandé Pauline. « Papa est gentil, maintenant. Tu me la rendras lorsque nous habiterons dans la grande maison. »

Le train avait ralenti en arrivant à Superior, Wisconsin. Il n'y avait pas de gare, la voie ferrée s'arrêtait sur les quais longeant la baie du lac Supérieur. Par la fenêtre, elles avaient observé une foule de personnes qui semblaient les attendre, des hommes, des femmes, des enfants. Des citoyens des États-Unis. Ils ne semblaient pas vraiment différents. Tous ces gens les regardaient intensément, beaucoup agitaient les bras, certains couraient le long de la rame pour rester à leur hauteur. Quand le train s'était arrêté, elles étaient descendues.

Il fait doux, mais le vent souffle. Yvonne le sent s'engouffrer sous sa robe, alors elle plaque une main sur ses cuisses comme on le lui a appris. De l'autre, elle aimerait retenir son chapeau, mais il lui faut donner la main à un monsieur en costume. C'est un ministre. Elle sait d'avance tout ce qu'elle aura à faire : tout à l'heure, avant de baptiser les bateaux, chacune devra prononcer un petit discours. C'est elle qui parlera en premier puisqu'elle est l'aînée. Mentalement, elle se repasse les quelques mots d'anglais cent fois répétés à la pouponnière : « Nous, Yvonne, Annette, Cécile, Emilie et Marie Dionne, sommes fières et heureuses de prendre part à l'effort de guerre en donnant nos prénoms à ces cinq navires. » Le long du quai sont alignés les cinq bateaux-cargos qui traverseront bientôt l'océan ; ils apporteront du matériel aux soldats qui combattent les méchants, au pays du roi George. Yvonne se dévisse le cou pour apercevoir les cheminées des navires. Elles lui paraissent aussi hautes que les gratte-ciel de Toronto. Au bout du quai, il faut gravir un escalier de bois qui s'élève vertigineusement vers le pont des bateaux. Le monsieur en costume s'inquiète de savoir si elle n'est pas essoufflée. Non, tout va bien, mais elle aimerait qu'il lui lâche la main, car son chapeau va s'envoler, elle le sent. À mi-hauteur, ils s'arrêtent un instant. Le monsieur est rouge, il respire avec peine. En serrant fort la rambarde de l'escalier, Yvonne contemple la foule au-dessous d'eux : des milliers de gens sont là. Vus d'en haut, ils forment une mer de chapeaux blancs et noirs qui ondule doucement au soleil, au bord de l'immense lac. Il s'en élève une rumeur de paroles incompréhensibles.

Au sommet, une passerelle longe les museaux pointus des cinq navires. Chacune des sœurs va se ranger devant l'un d'eux. Elles savent ce qu'elles ont à faire. Au signal du ministre, Yvonne s'avance vers le micro.

Elle parle fort en détachant bien ses mots, comme on le lui a appris : « Nous, Yvonne, Annette, Cécile, Emilie et Marie Dionne, sommes fières et heureuses... » Soudain, elle ne sait plus. De quoi doivent-elles être heureuses ? Tour à tour, elle regarde le monsieur, ses sœurs, elle cherche ses parents, Pauline, Maîtresse, restés en bas parmi la foule. Personne ne peut l'aider. Plus loin sur la passerelle, Annette attend son tour. Yvonne lui fait signe de continuer. Annette s'avance : « Nous pensons de tout notre cœur... » Elle s'arrête là, elle non plus ne sait plus ce qu'elles doivent penser. Le silence s'est installé, Yvonne regarde l'horizon. On ne voit pas la rive opposée. Elle est déçue, elle pensait que de là-haut, on pourrait apercevoir le pays du roi George.

Lassé d'attendre la fin du discours, le ministre lui tend une bouteille suspendue à une ficelle. C'est du champagne, un vin d'Europe, là où il y a la guerre. Elle pousse la bouteille qui va se fracasser contre la coque du navire. Son navire. Le ministre la tire en arrière, il a peur qu'elle tombe ou qu'elle se coupe avec un morceau de verre. Et c'est alors qu'un événement incroyable se produit : l'énorme masse du bateau se met à s'éloigner, comme si le petit choc causé par la bouteille avait suffi à lui faire perdre l'équilibre. Le navire glisse de plus en plus vite sur une pente invisible et touche l'eau dans un grand éclaboussement. Il bascule sur le flanc, Yvonne pense qu'il va couler, elle craint d'avoir fait une énorme bêtise. Mais le monsieur n'a pas l'air inquiet, il applaudit avec la foule au spectacle du bateau qui se redresse et s'éloigne doucement. Rapidement, les autres navires rejoignent celui d'Yvonne dans le bassin. On redescend l'escalier. Sur le quai, leur père, debout derrière une grande table, signe à la chaîne des photographies des quintuplées que les gens achètent. Il parle anglais avec aisance, distribue des poignées de mains et sourit de façon éclatante. Un peu à l'écart, le docteur Dafoe, leurs infirmières et Maîtresse attendent les fillettes.

LES QUINTUPLÉES DIONNE BAPTISENT LES NAVIRES DE LA VICTOIRE
De notre envoyé spécial à Superior, Wisconsin, USA
9 mai 1943

Des dizaines de milliers d'Américains avaient effectué le déplacement jusqu'aux rives du lac Supérieur, hier. Il faut dire que c'était la toute première fois que les célèbres quintuplées foulaient le sol du territoire des États-Unis. Accompagnées de leur famille au grand complet, nos héroïnes âgées de neuf ans étaient venues officier au lancement de cinq bateaux-cargos nouvellement construits par les chantiers navals de Superior. Ces vaisseaux sont destinés à l'approvisionnement de nos vaillants soldats en matériel militaire, et à celui de nos alliés du continent européen en matières premières (fer notamment).

Le spectacle fut à la hauteur des espérances de l'assemblée : à cinq reprises, la main délicate d'une fillette a ébranlé un navire de plusieurs dizaines de milliers de tonnes, l'envoyant avec fracas rejoindre les eaux du lac Supérieur. Précisons que les bouteilles de champagne brisées sur les coques ne contenaient que de l'eau, celle de la rivière Niagara. Elles avaient été remplies à cet effet par les maires des communes homonymes de Niagara Falls (Ontario) et Niagara Falls (État de New York) qui se font face sur les rives opposées des chutes du Niagara. Autre précision : contrairement à ce qui avait été annoncé dans nos colonnes, les navires n'ont pas été baptisés du nom des cinq fillettes ; ils portent en fait ceux de cinq commandants de vaisseaux américains.

Le discours du ministre de la Défense...

Alice referma le journal. Les récits des gazettes narrant les exploits des quintuplées ne l'amusaient plus. Certes, elle continuait à découper les articles et à les ranger dans un dossier qui, au fil des ans, était devenu volumineux, mais c'était à présent quelque chose de machinal, et cette habitude la dégoûtait un peu. À quoi cela rimait-il ? À l'époque où les fillettes étaient des bébés, leur image avait été associée à des marques de savon ou de lait en poudre ; maintenant, on se servait d'elles pour promouvoir l'engagement du Canada dans un conflit mondial. Peut-être cette cause était-elle juste, mais de quel droit utilisait-on ces enfants ? N'était-ce pas une terrible façon de les endoctriner, de les priver de toute possibilité de développer leur libre arbitre ?

Le réveil posé devant elle marquait 6 heures, il était temps qu'elle se remît au travail. Dans une demi-heure, ses deux camarades de chambre reviendraient de l'école où elles effectuaient un stage et elle devrait leur céder sa place à l'unique table de la pièce, qui servait de bureau pour toutes les trois. Elle n'aurait alors plus qu'à préparer ses cours sur son lit, ce qui était assez malcommode. Pourtant, elle laissa son regard errer encore un moment sur les murs tapissés de vert, sur le crucifix accroché à la tête du lit de Thérèse et sur l'image punaisée au-dessus de celui de Germaine, qui représentait Jésus-Christ nimbé d'une éblouissante lumière. Chaque soir, ses deux camarades s'agenouillaient sur leur descente de lit pour faire leur prière, mains jointes et coudes posés sur la couverture. Au début, elles s'étaient montrées fort étonnées qu'Alice n'en fît pas autant. Cela faisait dix mois qu'elles partageaient cette chambre de quatre mètres sur quatre. Elles ne l'avaient quittée que pour deux semaines à Noël et une autre à Pâques. La vie commune se déroulait plutôt agréablement, entre les cours à l'École normale d'institutrices d'Ottawa et les leçons qu'elles faisaient aux écoliers des classes d'application, sous l'œil terrifiant des maîtres-critiques. Alice tendit la main vers son manuel de morale, au sommet de la pile de livres érigée sur un coin du bureau. Autant en finir tout de suite avec son travail. Ensuite, calée contre les montants métalliques de son lit réglementaire, elle pourrait écrire à Edith. Il y avait urgence : dans quinze jours, son amie embarquerait pour l'Europe. Edith avait annoncé son départ pendant le dernier séjour d'Alice à North Bay, un mois et demi plus tôt. Après avoir obtenu son diplôme d'infirmière, elle avait trouvé un emploi dans un dispensaire de la région. Mais, au début du printemps, elle avait pris sa décision : elle allait s'engager dans l'armée canadienne et rejoindre les forces alliées en Europe. C'est un reportage sur le Canadian Women's Army Corps aux actualités cinématographiques qui avait tout déclenché. De jeunes femmes en uniforme, souriantes et vives, étaient filmées en train de taper à la machine dans les bureaux du commandement allié à Londres, de réviser le moteur d'un char d'assaut, ou de vacciner les troupes de l'armée de l'air. Elle avait aussitôt contacté les services de l'état-major. Après l'avis favorable du comité de recrutement, on l'avait affectée au camp militaire d'entraînement de Kitchener, à deux cent cinquante miles au sud de North Bay. Elle avait envoyé à Alice une photo d'elle en uniforme, avec sur le col de sa veste l'insigne du CWAC : la tête casquée d'Athéna, déesse grecque de la guerre. Dans la courte lettre qui l'accompagnait, elle donnait aussi la date de son départ pour l'Angleterre, le 28 mai au matin. L'infirmerie de l'état-major à Londres avait besoin de personnel.

Après le retour de Thérèse et Germaine et le dîner pris ensemble au réfectoire, Alice commença ainsi sa lettre :

Ma chère Edith,

Ce n'est qu'aujourd'hui que je m'en aperçois : le 28 mai, jour de ton départ, sera aussi celui de l'anniversaire des quintuplées. Elles auront neuf ans.

Ici, à l'École normale, la routine suit son cours. Il paraît que je ne m'en sors pas trop mal, c'est du moins ce que prétendent mes camarades et quelques professeurs. Ce n'est pourtant pas toujours l'impression que j'ai, les enfants d'ici me semblent bien plus remuants que nous ne l'étions au même âge. Au moins, je n'en suis pas à sortir de mes gonds comme certaines de mes camarades qui crient et tempêtent en vain face à d'insupportables chahuts. Tu sais, il nous arrive d'assister aux leçons les unes des autres depuis le fond de la classe et j'ai parfois toutes les peines du monde à m'empêcher d'intervenir quand je vois mes collègues en difficulté. Il me tarde la fin de ce dernier trimestre pour rentrer chez nous. À Pâques, j'ai trouvé mon père bien vieilli. Je tâcherai de passer du temps avec lui cet été, car il y a de bonnes chances qu'à la rentrée je sois envoyée sur un poste éloigné.

Et toi? Es-tu toujours aussi pleine de détermination? J'admire beaucoup ton courage (oui, je sais, cela t'agace). Même si tu ne pars pas pour le front, c'est la guerre partout en Europe, et Londres n'est pas à l'abri de nouveaux bombardements. Quatre ans déjà, et l'on n'en voit pas la fin. Il m'arrive de me dire que, lorsque les élèves à qui je fais classe atteindront l'âge adulte, ce conflit durera peut-être encore, et que certains de ces garçons et filles devront s'engager comme toi. Je tâche donc de faire en sorte que l'idée de courage ait toujours sa place dans mon enseignement.

Réalises-tu la chance fantastique que tu as de traverser l'océan? N'oublie pas de bien en profiter. J'ai lu quelque part qu'il n'était pas rare de croiser des baleines bleues et des cachalots en cette saison, au large du plateau continental entre Terre-Neuve-et-Labrador et le New Jersey.

Je me dépêche de terminer cette lettre, car je voudrais qu'elle parte demain. Écris-moi quand tu pourras, donne des nouvelles, parle-moi des petites et des grandes choses qui feront ton quotidien là-bas. Fais-moi aussi savoir quand tu auras une permission, je me débrouillerai pour revenir à North Bay à ce moment-là.

Je t'embrasse fort, mon Edith.

Alice

18.

Peu de temps après le voyage à Superior pour le baptême des navires, Oliva Dionne obtint du gouvernement la garde de ses filles. Dafoe, suivant les conseils de maître Gaudette, avait résolu de ne pas s'y opposer. En échange de la promesse que Dionne continuerait à lui faire confiance pour veiller à la bonne santé des fillettes, le médecin participa activement à l'organisation de leur nouvelle vie : elles habiteraient avec leurs parents et leurs frères et sœurs, mais retourneraient chaque jour à la pouponnière, qui leur servirait d'école ; les exhibitions dans la galerie d'observation cesseraient, les touristes devraient désormais se contenter des souvenirs qu'Oliva et Elzire vendaient dans leurs boutiques. De toute façon, la fréquentation de Quintland n'avait cessé de décliner depuis le début de la guerre. Les restrictions d'essence et la récession économique liées au conflit dissuadaient les habitants des grandes villes du Sud d'effectuer l'excursion. Quant aux jumelles elles-mêmes, leur pouvoir de séduction semblait décroître au fur et à mesure qu'elles grandissaient.

Les travaux de construction de la nouvelle maison des Dionne débutèrent bientôt. À deux cents mètres à peine de la pouponnière et de l'ancienne ferme, sur le terrain caillouteux de la propriété familiale, les murs de brique d'une bâtisse de dix-huit pièces s'élevèrent progressivement.

En même temps que la future demeure de ses protégées sortait de terre, le docteur Dafoe sentait ses forces le quitter. Dès son réveil, une immense fatigue lui pesait sur les épaules et la poitrine, se lever lui demandait un effort considérable. Le dégoût aux lèvres, il se préparait du café. Il expédiait sa toilette, la tête toute bourdonnante des discussions qu'il devait mener chaque jour avec le père des fillettes. Il allumait sa pipe juste avant de sortir dans les frimas d'automne, mais ce plaisir était aussitôt gâché par une toux qui le pliait en deux. Le pire était que Dionne se rendait parfaitement compte de l'état de faiblesse du médecin et qu'il n'avait aucun scrupule à en profiter. Lorsqu'ils étaient en désaccord sur un point précis – les occasions ne manquaient pas, par exemple : fallait-il ou non reculer l'heure du réveil des quintuplées d'une demi-heure en hiver ? –, le père des fillettes prolongeait la polémique jusqu'au moment où Dafoe, épuisé, abandonnait la partie. Ainsi ce dernier voyait-il peu à peu tout contrôle lui échapper, et l'inquiétude qui en résultait ajoutait encore à sa faiblesse. Un matin, il fut incapable de se lever. Mme Taillefer, sa voisine, le trouva dans son lit au milieu de l'après-midi, respirant avec peine. On le transporta le soir même à l'hôpital de North Bay, où les médecins diagnostiquèrent une pneumonie. Malgré les soins prodigués, l'état de Dafoe empira rapidement. Il sombra dans un profond coma, puis expira sans avoir repris connaissance.

Sitôt achevées la construction de la nouvelle maison et l'édification de la haute clôture métallique l'entourant de toutes parts, Oliva Dionne ordonna aux infirmières de préparer les bagages des petites en vue de leur déménagement. Puis il les renvoya.

Jusqu'alors, Yvonne et ses sœurs avaient partagé la même chambre. La nuit, chacune était habituée à entendre la respiration des quatre autres ; elles s'endormaient ensemble et se réveillaient de même. Quand l'une faisait un cauchemar, les autres le sentaient. Elles n'avaient pas besoin de parler, il leur suffisait de se trouver dans la même pièce pour s'apaiser mutuellement. Les premières nuits dans leurs chambres séparées leur parurent interminables. Les yeux grands ouverts dans l'obscurité, elles attendaient la lueur de l'aube pour se laisser enfin aller à un court moment de sommeil. Puis des coups frappés aux portes les faisaient sursauter : il était 6 heures, il fallait se lever. Encore hébétées, elles se retrouvaient toutes dans la chambre d'Yvonne pour la prière du matin. Depuis le couloir, par la porte restée ouverte, leur père les surveillait. C'était une précaution inutile : tout à la joie de se retrouver après une longue nuit d'anxiété, les jumelles communiquaient par des sourires et des battements de cils parfaitement silencieux. La prière terminée, elles se rendaient à la cuisine où elles préparaient avec leur mère le petit-déjeuner de toute la famille. Elzire Dionne agitait la cloche suspendue au bas de l'escalier et les quatorze membres de la maisonnée s'asseyaient ensemble autour de l'immense table de la salle à manger. Les enfants n'étaient autorisés à parler que si l'un de leurs parents leur adressait la parole. Comme Elzire restait généralement silencieuse, c'est à Oliva que revenait la responsabilité d'animer la discussion. Il demandait invariablement si tout le monde avait bien dormi dans la nouvelle maison. Les quintuplées, soucieuses de faire plaisir à leur père, répondaient par l'affirmative. La conversation allait rarement plus loin, et le petit-déjeuner s'achevait en silence. Rose-Marie, Thérèse et Pauline débarrassaient à tour de rôle, les jumelles étaient chargées de faire la vaisselle. À 8 heures enfin, Maîtresse venait les chercher pour commencer l'école. Elles traversaient la route et, jusqu'à midi, elles pouvaient se croire revenues à leur vie d'avant.

Un dimanche, Oliva les emmena faire un tour dans son automobile. Yvonne, Cécile et Emilie montèrent à l'arrière tandis qu'Annette et Marie s'entassaient à l'avant avec leur père. Dionne prit la route de Callander. Jusqu'alors, les fillettes n'avaient quitté Quintland qu'à l'occasion de voyages officiels et jamais elles ne s'étaient rendues à la petite ville, pourtant distante de quelques miles à peine.

Ils remontèrent la rue principale au ralenti. Tout en conduisant, leur père énumérait pour elles les noms des occupants des maisons qu'ils dépassaient.

Au retour, il prit un chemin non goudronné où il s'amusa à faire zigzaguer l'automobile. À chaque coup de volant, Marie se trouvait projetée contre son épaule. Alors Dionne l'entoura de son bras droit pour la serrer contre lui. Stoïque, Marie regardait droit devant elle, espérant voir bientôt surgir la grande maison jaune au détour d'un virage. Cette étreinte la gênait, jamais un homme ne l'avait tenue contre lui de la sorte. Le docteur Dafoe avait de l'affection pour elles toutes, et pour elle en particulier, car elle était la plus fragile des cinq, mais il l'exprimait d'une façon plus discrète. Ses effusions n'étaient jamais allées plus loin qu'un baiser sur le front. Le contact du veston d'Oliva contre sa joue la démangeait, la pression de ses doigts autour de son épaule lui pesait, l'odeur de sa peau l'écœurait vaguement. Elle ne dit rien pourtant, et ne tenta pas de se dégager. Mais, de ce jour, Marie devint plus distante à l'égard de son père.

Aux premiers jours de la vie dans la maison jaune, les frères et sœurs des quintuplées leur témoignèrent un certain intérêt. Ernest, Rose-Marie, Thérèse, Daniel et Pauline, tous plus âgés qu'elles, se montraient volontiers protecteurs, les aidaient à faire leurs devoirs et les initiaient aux secrets de la ferme. Après la naissance des jumelles, Elzire et Oliva Dionne avaient encore eu deux garçons, Oliva Junior et Victor, qui étaient à présent âgés de sept et cinq ans. Ces deux-là n'aimaient rien tant que grimper à l'assaut du canapé lorsque leurs grandes sœurs y étaient assises, et ramper des genoux de l'une à ceux d'une autre, en tâchant de deviner leurs prénoms au passage. Celles-ci se laissaient faire et quand les petits, encore maladroits, leur meurtrissaient les cuisses, elles ne disaient rien, par politesse. Oliva Junior et Victor s'en aperçurent bien vite. Dès lors, ils s'amusèrent à tester l'endurance des jumelles, leur jeu ne s'arrêtant que lorsqu'ils parvenaient à leur arracher un cri de douleur. Les quintuplées, ne sachant comment réagir, finirent par éviter la présence de leurs jeunes frères.

Au fil du temps, les relations avec leurs aînés se révélèrent moins aisées. Yvonne, Annette, Cécile, Emilie et Marie étaient tellement habituées à se comprendre à demi-mot que, lors des discussions familiales, il leur arrivait fréquemment de se trouver à court de vocabulaire. « Comment dire ? » soufflaient-elles d'un air désespéré. Dans leur modestie, elles confondaient ce retard de langage avec un manque d'idées, et elles se croyaient bêtes.

Ainsi, malgré leurs efforts, les quintuplées se replièrent-elles peu à peu sur elles-mêmes, finissant par incarner cette personnalité à cinq têtes à laquelle les autres les renvoyaient inlassablement.

Certaines habitudes, héritées de la vie bien réglée de la pouponnière, contribuaient également à maintenir une distance entre elles et leurs frères et sœurs : l'hygiène, par exemple. Les quintuplées se lavaient de pied en cap le matin, comme elles l'avaient toujours fait. Les autres membres de la maisonnée faisaient leur toilette quand ils se sentaient sales, c'est-à-dire pas forcément tous les jours et de préférence en fin de journée, après les travaux de la ferme. Comme les cinq fillettes participaient activement à ces travaux (leur mère les avait nommées responsables de l'entretien du poulailler, qu'elles nettoyaient chaque soir), elles faisaient également une toilette légère avant leur coucher. La maison jaune possédait deux salles de bains, les encombrements y étaient donc rares. Pourtant, ce besoin de propreté était jugé excessif par le reste de la famille, et donnait lieu à des moqueries. Un soir, leur père, que les quintuplées venaient embrasser après leurs ablutions, leur demanda s'il faudrait bientôt mettre un masque chirurgical pour leur donner un baiser. Elles furent longues à s'endormir ce soir-là. Se retournant dans leurs lits, les cinq sœurs songeaient moins à leur propre peine qu'à celle qu'elles craignaient de faire à leur père.

Elzire se rendait bien compte que les quintuplées avaient du mal à trouver leur place dans la famille, mais elle ne savait pas comment les aider. Pour prévenir la jalousie de ses autres enfants, elle n'hésitait pas à accabler les jumelles de tâches ménagères. Bien sûr, cela ne suffisait pas. Elle crut avoir une bonne idée en leur suggérant d'apprendre à leurs frères et sœurs les jeux qu'elles pratiquaient entre elles à l'école pendant leurs récréations. Pleines d'espoir et de bonne volonté, les quintuplées proposèrent alors une de leurs activités favorites : la course au coussin. Elles aménagèrent à cet effet le grand salon, qui était la plus vaste pièce de la maison, en repoussant les meubles le long des murs. Il s'agissait d'effectuer un parcours avec un coussin posé sur la tête, sans le toucher ni le faire tomber. La première manche opposa Ernest, Rose-Marie, Thérèse, Daniel, Yvonne et Cécile. Annette donna le départ. Yvonne et Cécile, très entraînées à cet exercice, traversèrent le salon à grands pas réguliers, laissant loin derrière elles leurs frères et sœurs moins habiles, incapables de garder leurs coussins en équilibre. Pauline, Oliva Junior, Victor, Annette, Emilie et Marie s'alignèrent à leur tour pour la deuxième course. Au signal, Oliva Junior s'élança avec la rapidité de l'éclair. De la main droite, il redressait discrètement son coussin qui menaçait de basculer ; son bras gauche étendu barrait le passage à Annette, son adversaire la plus proche. Cependant, Emilie, de l'autre côté, menaçait de le dépasser. Empoignant franchement son coussin, Oliva Junior fit alors un écart pour la bousculer, avant de se mettre à courir. Il leva les bras en signe de victoire. « J'ai gagné ! » s'écria-t-il. Ses frères et sœurs plus âgés, ainsi que Victor, applaudirent avant de quitter joyeusement la pièce ; seule Pauline resta pour aider les jumelles, dépitées, à remettre les meubles à leur place.

Les Dionne avaient peu d'amis. Le travail à la ferme, puis la gestion de leurs magasins de souvenirs ne leur avaient jamais laissé beaucoup de temps libre, et leurs rares voisins étaient anglophones, ce qui, pour Elzire et les enfants, constituait un sérieux obstacle. De plus, après la naissance des quintuplées, la vague d'hostilité déclenchée par l'« affaire » de la foire internationale de Chicago avait laissé Elzire et Oliva méfiants.

Mais à présent qu'ils avaient obtenu la garde des jumelles et la gestion de leur fortune, un certain optimisme les agitait parfois. Oliva recommença à fréquenter Corbeil, qu'il avait délaissé des années durant; son épouse et lui rendirent quelques visites aux membres de leur famille. Et bientôt, les Dionne se mirent en tête d'inviter des gens à dîner. Les premiers élus furent Léon, le garagiste de Callander, et sa femme Grace. Elzire avait passé la journée du samedi à préparer un repas plantureux et à nettoyer le rez-de-chaussée de fond en comble. Les quintuplées l'avaient aidée, mais Emilie avait maladroitement laissé tomber un plateau chargé d'assiettes sur le carrelage de la salle à manger, si bien qu'Elzire, exaspérée, les avait toutes renvoyées dans leurs chambres. Le soir, épuisée, elle s'était endormie à table entre le fromage et le dessert. Mais la soirée ne fut pas désagréable et, le vin aidant, les convives se laissèrent aller à chanter quelques airs traditionnels français. C'était encourageant. Les Dionne lancèrent d'autres invitations mais, cette fois, ils embauchèrent une cuisinière et une femme de ménage. Les dîners du samedi devinrent un rendez-vous régulier. Les visiteurs étaient flattés de s'asseoir à la table des célèbres quintuplées.

De vagues connaissances d'Oliva rivalisaient d'efforts pour se montrer aimables, dans l'espoir de décrocher une invitation. Les Dionne se crurent devenus populaires.

Les choses s'arrêtèrent aussi brusquement qu'elles avaient commencé : un après-midi, Oliva, de retour de Corbeil, jeta sur la table de la cuisine un exemplaire du journal local. En pages intérieures, on pouvait y lire un article intitulé : « MA SOIRÉE CHEZ LES QUINTUPLÉES DIONNE ». Un convive anonyme y contait de façon burlesque le déroulement d'un repas du samedi auquel il avait assisté, tournant en dérision la famille entière. Oliva y était décrit comme un ivrogne racontant des histoires supposées drôles, mais qui n'amusaient que lui ; Elzire y tenait le rôle d'une potiche incapable d'aligner trois mots d'affilée ; quant aux quintuplées, l'article disait qu'elles étaient le portrait de leur mère, « brunâtres, plutôt laides et tout à fait idiotes ». Le repas, bien sûr, était jugé exécrable. Les Dionne renvoyèrent la cuisinière, la femme de ménage, et enterrèrent leurs rêves d'amitié. Cependant, les jumelles, qui avaient reçu à la pouponnière une excellente éducation domestique, héritèrent des tâches de cuisine et de ménage du samedi. L'habitude des repas de cérémonie perdura au profit des seuls habitants de la maison jaune, mais l'ambiance n'y était plus la même. Plus d'une fois au cours de ces dîners, les quintuplées s'entendirent reprocher d'être la cause directe du malheur de leurs parents.

Ainsi s'écoulèrent trois années mornes.

19.

Un matin, alors qu'approchait leur douzième anniversaire, l'institutrice des fillettes les réunit et leur annonça que cette année scolaire était la dernière qu'elles passeraient ensemble. En effet, à la prochaine rentrée, elles auraient l'âge d'aller à l'école secondaire. La plus proche se trouvait à North Bay, elles le savaient, leurs frères et sœurs plus âgés s'y rendaient chaque matin en autocar. Cette nouvelle ne provoqua guère l'enthousiasme parmi les quintuplées. Elles ne tardèrent pas à montrer des signes d'inquiétude, et les yeux de Marie se mouillèrent même de larmes. Les questions fusèrent :

– Serons-nous dans la même classe que Pauline ? lança Yvonne.

– Devrons-nous déjeuner là-bas ? demanda Cécile.

– Les autres élèves sont-ils gentils ? balbutia Emilie.

– Viendrez-vous avec nous, Maîtresse ? Oh ! s'il vous plaît, je ne veux pas avoir d'autre professeure que vous, supplia Marie.

L'institutrice leva les mains en signe d'apaisement.

– Allons, mes enfants, calmez-vous et écoutez-moi. J'ai longuement parlé avec votre papa, et je vais vous expliquer ce dont nous avons convenu, lui et moi. Comme vous le savez, vous êtes les premières quintuplées du monde à avoir survécu. Pour votre famille et les gens qui vous aiment, vous êtes des enfants comme tous les autres. Mais beaucoup de personnes voient en vous un sujet de curiosité. Nous pensons que vous êtes trop jeunes encore pour vous rendre dans une école ordinaire, et que notre devoir est de vous protéger de cette curiosité. En revanche, il nous semble important que vous puissiez fréquenter des jeunes filles de votre âge. C'est pourquoi nous avons décidé de transformer l'ancienne pouponnière en école secondaire.

Elle s'interrompit un instant, guettant les réactions des fillettes. Mais celles-ci, impassibles, attendaient la suite. L'institutrice reprit son souffle.

– Une dizaine de jeunes filles de la région viendront suivre les cours avec vous. Ce seront vos camarades de classe. À l'étage, un dortoir sera aménagé. Vous y dormirez toutes ensemble, du lundi au samedi. Le dimanche et pour les vacances, vous retournerez dans vos familles respectives. L'enseignement sera assuré par des religieuses, les Sœurs de l'Assomption. Ce sont d'excellentes professeures. Elles sont déjà en train de sélectionner vos futures camarades parmi leurs meilleures élèves.

Elle avait parlé d'une traite, et regardait à présent les cinq visages qui ne reflétaient toujours aucune émotion.

L'institutrice savait qu'il s'agissait d'une apparence trompeuse : les quintuplées, habituées à vivre au milieu d'adultes en conflit, avaient développé une grande habileté à masquer leurs sentiments dans les situations de stress, précisément parce qu'elles étaient d'une sensibilité hors du commun. Comme souvent, ce fut Yvonne qui parla au nom de toutes :

– Il nous tarde de rencontrer nos camarades. Mais vous nous manquerez beaucoup, Maîtresse.

L'institutrice savait que c'était là l'exacte pensée des cinq ; et elle connaissait suffisamment bien ses élèves pour deviner la résignation qui se dissimulait derrière leur acceptation. Elles n'avaient pas le choix, elles ne l'avaient jamais eu.

Mme LaFramboise, directrice de l'école de Penetanguishene remonta le couloir qui desservait les huit classes de son établissement. Elle passa devant les portes des petits, décorées de dessins aux couleurs vives, puis monta avec précaution les marches qui menaient au niveau supérieur, vers les classes des sixième et septième années. Elle s'aventurait rarement jusque-là, à cause d'une hanche qui la faisait souffrir, mais cette fois, il s'agissait d'un cas de force majeure : un employé du ministère de l'Éducation avait téléphoné pour demander à parler à Mlle Rivet. C'était urgent, avait-il précisé. Et comme par un fait exprès, la classe d'Alice Rivet était la plus éloignée. La directrice s'arrêta pour souffler un instant devant la salle des sixième A. Il lui sembla entendre une rumeur de bavardages. Elle se haussa sur la pointe des pieds pour regarder à travers la vitre qui donnait dans le couloir : pendant que l'institutrice écrivait au tableau, deux élèves échangeaient à voix basse et riaient, dissimulés derrière leurs classeurs érigés en paravent. Elle n'hésita pas longtemps ; le gratte-papier du ministère attendrait, ici aussi on avait des urgences. Elle poussa la porte et s'avança dans la classe comme une apparition :

– Belcourt ! Gignac ! Vous passerez à mon bureau à l'heure de la récréation !

Puis, se tournant vers la maîtresse :

– Serrez-leur la vis, madame Thiffault.

Elle ressortit ; la scène n'avait pas duré dix secondes. Elle tendit l'oreille en longeant les classes suivantes, prête à faire irruption, mais tout semblait calme. Cela ne l'apaisa pas pour autant. Ces jeunes maîtresses étaient trop coulantes, et quand elles ne se faisaient pas marcher sur les pieds par leurs élèves, elles leur mettaient en tête des idées farfelues. La petite Mlle Rivet, justement, n'était pas la dernière. N'avait-elle pas imaginé qu'un après-midi par semaine, les garçons et les filles de sa classe pouvaient choisir librement entre l'atelier de bricolage et celui de pâtisserie. Certains parents étaient venus se plaindre que leur fille soit rentrée à la maison les ongles bleuis de coups de marteau malencontreux, ou que leur fils ait confectionné des crêpes pour toute sa classe. Elle entra sans frapper.

– Mademoiselle Rivet, vous êtes demandée au téléphone.
– Maintenant ? s'étonna Alice.
– C'est urgent, paraît-il. Le ministère.

Tous les élèves s'étaient levés d'un même élan. Certains avaient gardé leur porte-plume à la main.

– Dans ce cas, puis-je vous confier la classe, madame LaFramboise ?
– Évidemment, répondit cette dernière, nous n'allons pas les laisser seuls.

Elle promena un regard de défi sur les élèves toujours au garde-à-vous.

– Nous étions en train de faire une dictée, dit Alice en lui tendant un livre ouvert.

Mme LaFramboise le prit sans quitter les enfants des yeux.

– Faites vite, mademoiselle Rivet, j'ai beaucoup de travail.

Alice descendit le couloir jusqu'au bureau de la directrice, le cœur battant. C'était sûrement la réponse à sa demande de mutation. Elle avait obtenu ce poste à Penetanguishene deux ans plus tôt, à l'issue de sa formation à l'École normale. Le voyage en train depuis North Bay durait cinq heures, et elle espérait pouvoir s'en rapprocher à la prochaine rentrée.

– Bonjour, mademoiselle.

La voix dans le combiné l'informa qu'elle n'avait pas obtenu satisfaction. Les quelques postes libres dans la région de North Bay seraient tous attribués à des enseignants plus âgés qui avaient priorité sur elle.

– Ça ne fait rien, dit Alice.

C'était un mensonge, la nouvelle lui faisait l'effet d'un coup de poing à l'estomac. Elle était presque sûre que le ciel venait brusquement de s'assombrir. Tout ce qu'elle désirait à présent, c'était raccrocher ce maudit téléphone et replonger dans son travail le plus vite possible. Mais la voix reprit : il y avait cependant une possibilité de travailler dans la région. C'était un poste un peu spécial, mais peut-être serait-elle intéressée.

– Je vous écoute, fit-elle.

Elle pensa furtivement à Mme LaFramboise qui devait commencer à s'impatienter dans sa classe, et sentit les coins de ses lèvres se retrousser en un petit sourire.

– Nous avons une offre pour un emploi d'assistante dans une école privée pour jeunes filles. Une excellente maîtrise du français est requise.

– C'est ma langue natale.

– Le temps d'enseignement lui-même est assez réduit, deux heures par jour environ, ce qui laisse du temps libre, n'est-ce pas ? En revanche, il faudrait résider sur place, car vous auriez la charge de l'internat cinq nuits par semaine.

– Où est située l'école ?

– À une douzaine de miles de North Bay.

– Vraiment ? Oh ! ce serait parfait.

— Il faut que vous sachiez que le salaire est inférieur à celui que vous touchez actuellement. Nourriture et logement sont déduits, reprit la voix.

— Je vois. Combien est-ce payé ?

— Soixante dollars mensuels.

C'était peu, en effet. Alice tenta de se livrer à un rapide calcul mental : ici, à Penetanguishene, elle louait une chambre à cinq dollars la semaine, mangeait avec les élèves à la cantine le midi pour quarante cents par repas (le reste du temps, elle se débrouillait à peu de frais) et elle devait encore débourser cinq dollars deux fois par mois pour un billet de train jusqu'à North Bay. Résider et travailler là-bas signifierait autant d'économies... Elle s'embrouilla dans les sommes et les durées, chercha du regard une feuille de papier sur le bureau impeccablement ordonné de Mme LaFramboise, n'en trouva pas.

— Dois-je vous donner ma réponse rapidement ?

— Le plus tôt possible. L'offre vient de nous parvenir, mais je suis censé la diffuser rapidement. Pouvez-vous réfléchir et me rappeler d'ici ce soir ?

— Non, c'est inutile. J'accepte.

— Attendez, il y aura un entretien avec la directrice de l'établissement. Quand pouvez-vous vous présenter ?

— J'ai prévu de revenir à North Bay dans dix jours.

— C'est trop loin, je ne peux pas bloquer le poste aussi longtemps. Pourriez-vous être là pour cette fin de semaine ?

— D'accord, répondit Alice après une courte hésitation. Je prendrai le train samedi matin et j'arriverai en début d'après-midi.

— C'est parfait, mademoiselle. Je préviens immédiatement la directrice. Je vais vous donner l'adresse, vous avez de quoi noter ?

— Malheureusement non, fit Alice après un nouveau regard circulaire sur la pièce désespérément bien rangée. Veuillez m'excuser un instant.

Elle posa le combiné sur le bureau, se rua dans le couloir et poussa la porte de la classe des première année. Les petits se levèrent aussitôt.

— Bonjour, dit-elle. Est-ce que l'un ou l'une d'entre vous serait assez aimable pour me prêter un crayon et une feuille de papier ?

Trente petites mains se tendirent immédiatement dans sa direction, lui offrant autant de gros crayons à papier.

— Quelle popularité ! remarqua leur maîtresse, impressionnée.

Alice s'empara d'un crayon et d'un cahier de brouillon, puis retraversa le couloir pour se jeter sur le combiné. L'homme du ministère était toujours au bout du fil. Elle nota l'adresse : *Route 94, Corbeil, 2,5 miles ouest*.

Elle s'empressa ensuite de regagner sa classe où Mme LaFramboise, la dictée terminée, s'appliquait à faire régner la discipline : cinq élèves, debout les mains jointes dans le dos, face tournée contre le mur, pleuraient ; les autres attendaient en silence.

— Ce n'est pas trop tôt, dit-elle lorsqu'Alice reparut sur le seuil. Vos élèves ont besoin d'être repris en main, mademoiselle Rivet. Serrez-leur la vis !

Alice se retint de répliquer qu'elle espérait quitter l'école à la rentrée, et que la directrice pourrait alors elle-même mettre ses bons conseils en œuvre. Elle se contenta de rassurer et de consoler les punis après son départ.

— Corbeil, deux miles et demi ouest. Vous y êtes, mademoiselle, dit le chauffeur en tirant sur la manette qui commandait l'ouverture des portes articulées.

Alice descendit. Elle resta figée longtemps après que l'autobus eut disparu en direction de Mattawa et que le bruit de son moteur fut devenu inaudible. Elle n'avait reconnu les lieux qu'au dernier moment : les panneaux annonçant les horaires de visite n'étaient plus là, mais derrière un bosquet de jeunes arbres, on apercevait l'ancien observatoire et les bâtiments de la nursery. De l'autre côté de la route, les boutiques de souvenirs semblaient désormais fermées. Pendant les trois jours qui s'étaient écoulés depuis l'appel téléphonique du ministère, à aucun moment Alice n'avait supposé que le poste en question pût être un emploi auprès des quintuplées. À présent, l'évidence s'imposait d'elle-même. Elle respira profondément plusieurs fois avant de se décider à sonner à la grille. La religieuse qui s'avança dans l'allée était jeune et souriante :

— Êtes-vous Miss Alice Rivet ?

Elle la précéda jusqu'au bâtiment de la nursery et la conduisit à une pièce où une autre sœur plus âgée semblait l'attendre.

– Bonjour, je suis Sœur Aimée des Anges, la supérieure de cette école.

– Très honorée, Ma Sœur.

– L'employé du ministère m'a parlé d'une personne expérimentée. Je ne vous imaginais pas si jeune.

Alice se redressa brusquement, cherchant une réponse.

– Ça n'a pas d'importance, coupa la sœur. Vous êtes originaire de la région, je crois ?

– Oui, Miss.

– Ma Sœur, je vous prie. Vous devez donc connaître les sœurs Dionne ?

Comme Alice tardait à répondre, elle précisa :

– Les quintuplées.

– Oui, souffla enfin la jeune fille.

Les dents serrées, en proie à des sentiments contradictoires où se mêlaient effroi et espoir, elle se sentait provisoirement incapable d'en dire davantage. Cela ne sembla pas contrarier Sœur Aimée des Anges qui poursuivit :

– À la rentrée prochaine, elles entreront à l'école secondaire. Ici même.

Elle s'arrêta un instant, toisant Alice comme pour s'assurer que celle-ci comprenait. Alice hocha la tête.

– Vous aurez un rôle d'assistante pour l'enseignement du français, mais surtout, vous serez chargée de la surveillance et de l'animation de l'internat, débita la sœur d'une traite.

— D'accord.

— Attention, il s'agit d'un travail difficile, je tiens à le préciser. Les sœurs Dionne auront autour d'elles une dizaine d'autres jeunes filles que nous avons sélectionnées pour leur intelligence, leur gentillesse et leurs excellents résultats scolaires. Celles-là ne poseront aucun problème. Ce sont les quintuplées qui devront requérir toute votre attention. Elles n'ont pas l'habitude de fréquenter des gens de leur âge. Vous devrez les amener à s'ouvrir aux autres tout en les protégeant, votre rôle sera, en quelque sorte, d'huiler les rapports entre ces jeunes filles. Vous sentez-vous à la hauteur de la tâche ?

— Oui, dit Alice.

« Non », pensait-elle intérieurement. Mais, quelque part au fond d'elle-même, une autre voix lui soufflait qu'elle n'était peut-être pas la pire des candidates.

— Qu'est-ce qui vous motive, dans cette mission ? Êtes-vous croyante ? enchaîna la religieuse.

Alice s'entendit à nouveau répondre par l'affirmative. « Une fois passé le premier mensonge, les suivants arrivent naturellement », se dit-elle.

— J'aimerais les aider à devenir des jeunes filles autonomes, les rendre capables d'indépendance...

Le sourire indulgent de Sœur Aimée des Anges l'arrêta ; elle laissa sa phrase en suspens.

– Vos élans généreux sont tout à votre honneur, mademoiselle, mais nous pensons que ce dont les quintuplées ont le plus besoin, c'est de trouver leur place parmi les autres, et pour cela il est nécessaire qu'elles se sentent *comme les autres*. La meilleure chose qu'on puisse leur souhaiter, c'est de devenir un jour des jeunes filles, puis des femmes *ordinaires*, compétentes, capables de gérer efficacement des problèmes domestiques ; de bonnes ménagères, si vous préférez.

– Bien sûr, Ma Sœur, c'est évident. De bonnes épouses, de bonnes mères, de bonnes patriotes.

Et, en écho, elle poursuivit intérieurement : « ... libres, capables de résister et de penser par elles-mêmes... »

– Mademoiselle Rivet, je suis très heureuse de constater que nous partageons certaines valeurs. Vous semblez avoir de grandes qualités morales et, croyez-moi, cela devient rare de nos jours. Nous nous reverrons donc en septembre.

20.

Alice devait donner son premier cours de français le jour même de la rentrée. Elle était arrivée la veille, avec sa valise, pour prendre ses quartiers dans l'internat encore désert : trois chambres de cinq lits chacune, plus une salle d'eau, réparties autour d'un grand vestibule. Il y avait aussi une chambrette pour elle. Il avait été convenu que les quintuplées s'installeraient en premier, tôt le matin, puisqu'elles n'avaient que la route à traverser. Les autres élèves arriveraient ensuite, accompagnées par leurs parents.

À 7 h 30, assise à sa petite table, Alice révisait le contenu de son cours lorsqu'elle entendit des bruits de voix à l'extérieur. L'instant d'après, Sœur Aimée des Anges entrait dans le bâtiment de l'internat, suivie des quintuplées.

– Bonjour, Miss Rivet, claironna-t-elle, non sans hypocrisie, car Alice et elle s'étaient déjà entretenues plus tôt dans la matinée, je vous présente vos nouvelles élèves.

La religieuse s'effaça pour laisser place aux jumelles. Les cinq jeunes filles vinrent s'aligner devant Alice, s'inclinèrent légèrement, puis récitèrent « bonjour, Miss Rivet » dans un ensemble parfait. Immédiatement, Alice revit en pensée la scène à laquelle Edith et elle avaient assisté dix ans plus tôt depuis la galerie de l'observatoire, le jour du voyage scolaire à Quintland. Ainsi, après tout ce temps, les sœurs Dionne avaient gardé l'habitude de se présenter aux étrangers par un genre de chorégraphie qui mettait leur ressemblance en valeur. Pour contrer le vertige qu'elle sentait l'envahir, elle se mit à chercher sur leurs visages les traits distinctifs qu'elle avait appris à y reconnaître.

— Bonjour Marie, dit-elle en s'avançant vers la jeune fille placée à droite. Comment allez-vous ?

— Bien, merci Miss, fit Marie en rougissant, visiblement touchée.

Alice identifia Cécile, au milieu de la rangée, puis Yvonne, à l'opposé de Marie. Elle remarqua l'émotion qui s'emparait d'elles à s'entendre appeler par leur prénom. Arrivée aux deux dernières, elle hésita. Annette et Emilie se ressemblaient vraiment, à tel point qu'Alice ne parvenait pas à les distinguer. Elle allait se résigner à leur demander leur identité quand elle fut saisie d'une inspiration. Bien sûr, c'était Annette à côté d'Yvonne : les quintuplées continuaient à se ranger dans l'ordre de leur naissance, comme on le leur avait appris. Sœur Aimée des Anges coupa court aux présentations pour attribuer autoritairement leurs chambres aux jumelles : à Annette et Yvonne, elle désigna la première, Emilie et Marie furent envoyées dans la deuxième, et Cécile se retrouva seule dans la dernière. Après leur avoir donné pour consigne de défaire leurs valises et de ranger leurs affaires dans les armoires, elle entraîna Alice vers la salle d'eau.

— Je les ai réparties selon des critères médicaux, chuchota-t-elle. D'après les médecins, les bébés issus d'une naissance multiple ne grandissent pas les uns sur les autres dans le ventre de leur mère, voyez-vous.

Alice hocha la tête en réprimant un sourire.

— Dans leur cas, on suppose qu'Annette et Yvonne partageaient un même emballage...

Alice faillit pouffer, se retint et toussa pour dissimuler son amusement, mais la religieuse la regardait déjà d'un air soupçonneux.

— Je ne suis pas spécialiste, je ne connais pas le terme exact. Poche, peut-être ?

— Je crois qu'on parle de sac amniotique, dit la jeune fille.

— Vous semblez bien renseignée.

— Je me suis documentée avant de venir, mentit Alice.

Elle le savait en fait depuis longtemps, les journaux ne se privant pas de parsemer de considérations scientifiques leurs reportages à sensation sur les quintuplées.

— Comme vous l'avez compris, poursuivit Sœur Aimée des Anges, c'était également le cas pour Emilie et Marie. On pense que Cécile s'est développée seule dans un troisième sac. Il nous a semblé préférable, pour le bien-être de nos jeunes pensionnaires, de laisser ces paires-là dans une même chambre.

La religieuse chuchotait toujours, mais le carrelage qui couvrait les murs jusqu'au plafond réverbérait ses paroles. On entendait aussi les mouvements du tissu de sa tunique et, de loin en loin, le bruit d'un robinet qui gouttait. Elle avança d'un pas, fixant Alice droit dans les yeux.

– Êtes-vous autoritaire, Miss Rivet ?

Alice réfléchit. À n'en pas douter, Sœur Aimée des Anges l'était, elle, et il semblait logique qu'elle attendît du personnel de l'école une attitude semblable. La sagesse conseillait donc d'acquiescer. Elle s'entendit pourtant lui répondre qu'elle croyait aux vertus d'une relation fondée sur la confiance, et qu'elle ne se souvenait pas d'avoir jamais été chahutée par ses élèves.

– C'est tout à votre honneur, mademoiselle, dit très doucement la supérieure. Cependant, quelles que soient les qualités d'une enseignante, et surtout si elle est jeune, il peut arriver qu'elle se trouve un jour dépassée par la vivacité ou le caractère particulier de certains éléments. Je vous l'ai déjà dit, nous avons choisi nos élèves parmi les meilleures et les plus disciplinées. Mais les pauvres sœurs Dionne, même si elles sont naturellement soumises comme je le crois, ont vécu des événements susceptibles de les perturber quelque peu...

– Je ne crois pas qu'on puisse être naturellement soumise, Ma Sœur, je pense qu'on le devient...

– Vous avez raison, mon enfant, c'est bien par un effet de notre volonté que nous sommes soumises à Dieu, souffla la religieuse dans un fin sourire. Pour en revenir à nos protégées, si jamais l'une d'elles vous tenait tête, ce que bien sûr je ne vous souhaite pas, il vous suffirait de la menacer de la séparer de sa sœur la plus proche pour la ramener à la raison.

Et d'un geste vif, elle ferma le robinet qui fuyait.

– Je vous laisse avec elles, conclut la supérieure. Je dois maintenant aller accueillir leurs camarades.

En fin de matinée, Alice retrouva les quintuplées ainsi que les autres jeunes filles pour le cours de français. Les nouvelles compagnes des jumelles semblaient effectivement être d'excellentes élèves et des camarades attentionnées. Depuis leurs bancs, Catherine, Geneviève, Marielle et les autres manifestèrent tout d'abord une certaine curiosité envers les Dionne, ce qu'Alice jugea bien naturel. Pour cette première fois, elle avait prévu une discussion destinée à faire connaissance, mais Sœur Aimée des Anges ayant décidé de rester au fond de la classe pour surveiller le déroulement de la leçon, la gêne s'installa très vite et Alice jugea préférable de changer ses plans. Elle improvisa une dictée sur le thème de l'automne, prolongée par des exercices de vocabulaire. Pourtant, malgré le caractère routinier de ces activités, elle crut percevoir chez les sœurs Dionne un intérêt soutenu et même, lui sembla-t-il, de furtifs éclairs d'enthousiasme dans leurs regards. Elle les attribua au fait d'avoir réussi à les appeler chacune par son prénom, le matin à l'internat. À l'issue de la leçon, la religieuse vint lui faire part de sa satisfaction. Les enseignements de l'École normale, appliqués ici au pied de la lettre, étaient donc propres à contenter les tenants du sacré. Alice n'en fut pas vraiment étonnée.

Le soir, à l'internat, il fallut encore attendre que les religieuses aient donné de nombreuses recommandations tant aux jeunes pensionnaires qu'à leur surveillante. Après leur départ, Alice supposa qu'Yvonne et ses sœurs allaient l'assaillir de questions. C'était mal les connaître : les Dionne avaient beau être pleines d'attentes vis-à-vis de la jeune femme, elles ne se sentaient pas pour autant autorisées à la solliciter. Alice prit donc l'initiative. Elle entra dans la chambre où les cinq s'étaient regroupées et s'installa sur le lit de Marie qui, sagement assise, feuilletait son manuel d'histoire du Canada.

– Je viens de North Bay, commença-t-elle.

– Oh ! C'est là qu'habitait Papa Dafoe !

– Vous voulez dire le *docteur* Dafoe ?

– Oui, dit Marie en rougissant. Nous l'appelions comme cela.

– Vous connaissez bien la ville, alors.

– Non, nous n'y sommes jamais allées.

Alice tenta de dissimuler sa stupéfaction, mais Marie dut pourtant s'en apercevoir, car elle ajouta fièrement :

– Mais nous connaissons d'autres villes ! Nous sommes déjà allées à Toronto et à Superior.

Quelques-unes de leurs camarades s'étaient approchées du lit.

— Il nous reste un peu de temps avant l'extinction des feux, fit remarquer Alice. Si vous le voulez, je peux vous parler de North Bay. Et vous, vous nous raconterez vos voyages dans les grandes villes.

Les visiteurs venaient toujours. Durant l'été, quelques groupes s'étaient pressés aux grilles de la maison jaune. L'automne en trouva d'autres accrochés à celles qui entouraient l'école et dont les jumelles n'étaient pas autorisées à s'approcher. Ils étaient bien moins nombreux qu'autrefois et ne criaient plus, mais leurs regards scrutateurs glaçaient Yvonne.

Avec l'hiver, la région retrouva son calme. Une fois, Miss Alice les emmena avec les autres pensionnaires faire une randonnée à ski à travers la centaine d'hectares de la propriété familiale. Elles n'avaient encore jamais été si loin sur les terres appartenant à leur père. Miss Alice avait dû insister. Yvonne et ses sœurs avaient pris l'habitude de vivre dans un espace réduit et ne se sentaient à leur aise qu'entre les murs de l'école ou dans le petit jardin clôturé et protégé des regards. La neige adoucissait tout, gommant les pierres et absorbant l'écho, mais elle effaçait aussi l'horizon, suggérant un monde encore plus vaste. Yvonne s'était sentie prise de vertige.

Avec leurs camarades de classe, les premiers temps n'avaient pas été faciles, car elles étaient curieuses et leur posaient une foule de questions. Si Yvonne et Annette tâchaient d'y répondre de leur mieux, Cécile, Emilie et

Marie se montraient plus timides. Une fois, cette dernière s'était agacée de leur curiosité, demandant d'une voix étranglée qu'on la laissât tranquille avant de fondre en larmes. Leurs camarades s'étaient excusées, l'une d'elles avait passé son bras autour des épaules de Marie, mais celle-ci s'était dégagée avec un mouvement d'humeur. Yvonne s'était alors sentie envahie par un inexplicable ressentiment envers ces jeunes filles, comme si le désarroi de Marie avait été le sien propre. La perméabilité de chacune aux émotions de toutes les autres était le fondement de leur relation depuis les premiers instants de leur existence. Elles n'avaient survécu aux périlleuses circonstances de leur naissance que parce qu'elles étaient capables de s'identifier les unes aux autres. En grandissant, bien sûr, chacune avait développé des goûts et des aptitudes particulières. Yvonne, par exemple, était celle qui s'exprimait avec le plus d'aisance ; Annette était la meilleure musicienne ; Emilie écrivait des histoires débordantes d'imagination... Mais il suffisait que l'une d'elles se sentît menacée pour qu'aussitôt toutes ne fissent plus qu'une seule personne. Yvonne, à son grand étonnement, réalisait qu'elle ne pouvait lutter contre ce phénomène : malgré son désir d'aller vers ses camarades, les réticences de ses sœurs l'empêchaient de s'abandonner à cet élan.

Miss Alice ne ménageait pourtant pas ses efforts : chaque soir ou presque, elle leur proposait des jeux dans le dortoir, sans jamais reprocher aux jumelles d'être timides. Elle amenait des livres, aussi, qu'elle leur lisait. « Mais nous savons lire, avaient-elles protesté au début. Et nous avons nos livres. » Mais Alice s'était installée sur un lit et avait commencé à lire à haute voix l'histoire d'Huckleberry Finn, un garçon américain. C'était un orphelin, un pauvre enfant qu'une dame pieuse avait recueilli et entrepris d'éduquer. Mais Huckleberry n'était pas sage. Il s'ennuyait chez sa bienfaitrice et s'échappait pour aller retrouver ses anciens amis, des voyous avec lesquels il fumait la pipe et rêvait d'attaques à main armée. Yvonne et ses sœurs étaient un peu choquées parce qu'il parlait mal et jugeait les adultes. Mais, au fil des chapitres, il se révéla être un garçon courageux et juste malgré son effronterie, et elles se laissèrent emporter par sa vie de dangers et de liberté.

Il y eut d'autres livres. Un jour, Alice obtint des Sœurs de l'Assomption l'achat d'un phonographe pour faire écouter aux élèves des enregistrements d'auteurs français lisant leurs œuvres. Puis, un soir, elle transporta le phono jusqu'au dortoir et sortit d'autres disques. Elle fit entendre aux jeunes filles toutes sortes de musiques, et comme certaines manifestaient leur enthousiasme, elle offrit de leur apprendre quelques pas de danses à la mode : jitterbug, lyndy hop, west coast swing... Leurs soirées dansantes devinrent régulières. Les quintuplées s'y amusaient beaucoup.

– C'est encore plus amusant au bal, leur dit Alice, lorsqu'on danse avec un garçon.

– Les garçons sont collants, lança une des pensionnaires.

Yvonne la regarda, sincèrement étonnée.

– Que veux-tu dire, Catherine ?

Mais cette dernière, rougissante, regrettait déjà ses paroles.

– Vous savez bien, Yvonne, intervint Alice : quelquefois les garçons aiment taquiner les filles.

Elle se mordit aussitôt les lèvres. Quelle idiote ! Évidemment, les quintuplées n'en pouvaient rien savoir puisqu'elles n'avaient aucune occasion de fréquenter des garçons de leur âge, à l'exception de leurs frères, le dimanche, chez leurs parents.

– Pourquoi les taquinent-ils ? questionna à son tour Cécile. Est-ce qu'ils ne sont pas gentils ?

– Ce n'est pas cela. C'est simplement que...

C'était bien sûr tout sauf simple.

– Avez-vous déjà rencontré d'autres garçons que vos frères ?

Elles se regardèrent, l'air intrigué.

– Non, Miss, nous n'en voyons jamais.

– Ce ne serait pas convenable, précisa Emilie.

– Qui vous a dit que ce ne serait pas convenable ? fit vivement Alice. Les sœurs ?

– Oui, Miss, et nos parents.

– Voyons... peut-être avez-vous déjà songé qu'un jour, plus tard, vous pourriez rencontrer un garçon qui vous plairait ? Un fiancé ? Un mari ? Yvonne ?

Yvonne sembla réfléchir intensément.

– Je ne sais pas, Miss. Peut-être...

— Moi, dit fièrement Emilie, je voudrais être religieuse et faire vœu de chasteté.

Alice ne put réprimer un mouvement de recul, tant ces mots prenaient une résonance étrange dans la bouche d'Emilie. D'où tenait-elle cette expression ? Et que signifiait-elle pour elle ? Alice fut tentée de la questionner, mais elle se ravisa.

— C'est votre droit, Emilie, mais vous êtes jeune encore. Il faudra y réfléchir. La vie est pleine de surprises.

— Avez-vous un fiancé, Miss ? fit Cécile.

La jeune femme hésita. Elle n'en avait pas. Durant ces deux années passées à Penetanguishene, elle n'avait guère fréquenté de jeunes gens, et n'en avait pas eu non plus le loisir depuis son retour dans la région. Pourtant, il y avait Marcel Balfour, l'ancien amoureux d'Edith... Ils s'étaient revus par hasard, en ville, et Alice avait été charmée par les manières du jeune homme qu'il était devenu. Il ne s'était rien passé, Marcel l'avait accompagnée et ils avaient bavardé, c'est tout. Mais les jours suivants, Alice y avait repensé et, elle s'en rendait compte à cet instant, il lui tardait de le rencontrer à nouveau. Elle choisit de répondre oui.

Alice attendit plusieurs mois avant de se risquer à organiser une sortie en ville avec les quintuplées. L'occasion se présenta lorsque le cinéma de North Bay annonça la projection du *Magicien d'Oz*, un film américain vieux de quelques années, mais qui était présenté pour la première fois dans une version doublée en français. La séance aurait lieu au début des vacances d'hiver, quand les autres pensionnaires auraient rejoint leurs familles. La jeune femme savait, pour l'avoir déjà vu, que les Sœurs de l'Assomption ne trouveraient rien à redire au thème de cet innocent film musical. L'important n'était d'ailleurs pas là : il s'agissait avant tout d'entraîner les quintuplées hors des murs de l'institution pour leur permettre de passer un moment au contact de la vie ordinaire.

La jeune professeure sut convaincre Sœur Aimée des Anges, mais il fallait aussi obtenir l'accord d'Oliva Dionne. Prévenu, celui-ci se présenta à l'école pendant un cours de français et demanda à s'entretenir avec Miss Rivet. Alice le reconnut dès qu'elle le vit. C'était bien l'homme qui lui avait adressé la parole dans sa boutique de souvenirs, à Quintland : grand, maigre, le regard mobile, l'air autoritaire et pourtant inquiet. La conversation, commencée sur un ton amical, tourna rapidement à l'interrogatoire. Dionne connaissait les programmes scolaires, il s'interrogeait sur les enjeux d'une sortie au cinéma et voulait s'assurer des compétences d'Alice. Pour le rassurer, elle fit profil bas, offrant autant que possible l'apparence d'une institutrice consciencieuse et inoffensive. « Une idiote soumise, pour vous servir, monsieur Dionne », se disait-elle intérieurement. Elle réussit à lui faire accepter l'idée d'un trajet en taxi plutôt que dans la voiture particulière de Dionne. « Je comprends votre inquiétude, monsieur, elle est tout à votre honneur. Mais je vous assure que laisser vos filles s'éloigner de votre présence pour quelques heures, c'est les aider à se sentir responsables d'elles-mêmes. » Dionne prit congé sans rien laisser paraître. Mais le lendemain, il informa la supérieure qu'il autorisait la sortie.

Le plus étrange, c'était cette sensation de se trouver au milieu de personnes inconnues se tenant si près d'elles. Aussi loin qu'Yvonne pouvait se souvenir, elle ne parvenait pas à se rappeler un moment où ses sœurs et elle eussent été en présence d'étrangers dont rien ne les séparait. Jusqu'alors, dans leurs vies, il y avait toujours eu des remparts : les murs de l'observatoire, les cordons de policiers dans les rues des grandes villes, les grillages de l'école et de la maison. Elle éprouvait une impression de danger et trouvait cela excitant. Certes, elle avait vite compris qu'elles ne risquaient rien de plus fâcheux qu'être bousculées par un enfant ou brusquement interpellées par un voisin. Mais, à ses côtés, elle sentait Annette paniquer à cette idée et, en comparaison, elle se trouvait brave.
La salle était comble. Des enfants sautaient sur leurs sièges au passage de l'ouvreuse avec sa corbeille de friandises. « Voulez-vous quelque chose ? » demanda aimablement Miss Alice. Elles refusèrent. Cela aurait été trop compliqué, elles n'auraient su que choisir et auraient craint de retarder tout le monde. Les autres spectateurs savaient ce qu'ils voulaient, eux, et le demandaient avec

assurance en tendant leur argent. La Première et ses sœurs n'avaient pas d'argent, Papa Dionne avait donné ce qu'il fallait à Miss Alice. « Ne vous en faites pas, avait-il dit à leur professeure en lui remettant une liasse de billets, nous avons les moyens. Vous laisserez un pourboire à l'ouvreuse. » C'était rassurant, elles n'avaient pas à se soucier de savoir combien coûtaient les choses.

Elle se rendit compte qu'elles s'étaient assises dans l'ordre de leur naissance : elle, la Première, puis Annette, Cécile, Emilie et enfin Marie. Cela aussi les rassurait. Un enfant à sa gauche lui tendit son cornet de pop-corn. Timidement, elle piocha une boulette en le remerciant d'un sourire. Mais l'enfant, sans même la regarder, lui en fourra une pleine poignée dans les mains. Elle rougit, et vit avec soulagement décroître l'éclairage de la salle.

Dès les premières secondes, elle fut saisie par la puissance d'évocation du film : éclatèrent en même temps une lumière qui lui rappelait les soirs d'été où le soleil semblait donner vie aux grains de poussière en suspension dans l'atmosphère, et une musique si puissante qu'elle paraissait monter du sol. Yvonne se sentit emportée. Elle aima tout, entièrement, intensément, pendant deux heures qui lui parurent durer le temps d'une respiration. De sa main droite, elle serrait doucement les doigts d'Annette. Et elle savait sans le voir que celle-ci faisait de même avec Cécile, et ainsi de suite.

Au retour, regroupées toutes les cinq sur la banquette et les strapontins de l'imposant taxi qui les ramenait à Corbeil, elles rejouèrent certaines scènes, mettant leurs mémoires en commun pour retrouver les paroles et la mélodie des chansons. Sœur Aimée des Anges les attendait, toutes lumières allumées, dans l'ancienne pouponnière. Le dortoir était désert, leurs camarades, la veille, étaient parties retrouver leurs familles. Demain, ce serait leur tour. Miss Alice les autorisa à dormir toutes dans la même chambre. Yvonne mit longtemps à trouver le sommeil. Les aventures de Dorothy, l'héroïne du Magicien d'Oz, continuaient à occuper son esprit. Elle se promit de retourner le voir au cinéma dès que possible. Le plus beau, c'est qu'il y avait d'autres films, elles avaient vu des affiches et des photographies dans le hall d'entrée. Ce serait sûrement bien de les voir aussi. Miss Alice leur avait dit que les programmes changeaient souvent, ce qui signifiait qu'on pouvait en regarder d'autres encore. Souvent, les Sœurs de l'Assomption leur demandaient ce qu'elles voudraient faire plus tard. « À bientôt treize ans, il faut commencer à avoir des idées », disaient-elles. Yvonne n'en avait guère. Le statut d'élève lui convenait parfaitement, elle aimait apprendre et souhaitait continuer à le faire. Est-ce que spectatrice de cinéma pouvait être un métier ? Sans doute pas, mais peut-être pourrait-elle devenir institutrice comme Miss Alice et, comme elle, lire des livres à ses élèves et les emmener voir des films. Tous les films.

21.

Edith semblait changée, après ces deux années passées à Londres. Elle paraissait plus calme, moins impatiente, mais on devinait sous ses traits apaisés une grande détermination. Démobilisée en août 1945, elle avait trouvé un emploi à l'hôpital de North Bay dès son retour. Elle était de garde presque chaque week-end, ce qui lui laissait peu d'occasions de voir Alice. Elles se retrouvaient enfin par une lumineuse matinée, au début des vacances d'hiver durant lesquelles l'école des quintuplées fermait pour deux semaines. Les deux amies patinaient sur le lac Nipissing gelé. Laissant derrière elles les bandes de gamins qui criaient en se poursuivant sur la glace, elles remontèrent la baie en direction du nord, à la recherche d'un peu de tranquillité.

— C'est vraiment si dur que ça ? demanda Alice. En Europe, tu as pourtant vécu des choses plus difficiles, non ?

— À l'hôpital de Londres, il y avait des soldats avec des blessures horribles. Parfois, ils mouraient au bout de quelques jours et on ne pouvait rien y faire. Ça, c'était dur. Mais quand ils survivaient, leurs premières paroles étaient pour nous remercier. Je me sentais utile. Ici, les patients n'ont qu'une hâte, c'est de sortir le plus vite possible parce que les soins coûtent cher et qu'ils n'ont pas les moyens d'être malades. L'ambiance dans le service est déplorable. Les médecins m'adressent à peine la parole, sauf pour me donner des ordres. Jamais je ne les ai entendus dire « s'il vous plaît ». J'ai pourtant l'impression d'être plus expérimentée que pas mal d'infirmières plus âgées, mais ils doivent se dire qu'à vingt-trois ans, on est forcément une gamine incapable. Tiens, ça me dégoûte.

Elle poussa un cri aigu qui se perdit dans l'atmosphère glaciale et, aussitôt après, éclata de rire.

– Au moins toi, dans ton dortoir de filles, tu peux te dire que tu sers à quelque chose !

– Peut-être... commença Alice.

– Je parie qu'elles sont toutes très polies et qu'elles n'oublient jamais de dire « s'il vous plaît, Miss Alice ».

Elles étaient seules à présent, les cris des enfants ne leur parvenaient plus, on n'entendait que le crissement de leurs patins sur la surface gelée et, dans les sapins qui bordaient la rive, le « tsitsitsi » des mésanges. Il faisait très froid depuis une semaine, le soleil brillait en milieu de journée mais, aussitôt après son coucher, les températures chutaient et chaque nuit, la glace s'épaississait un peu plus. À une trentaine de mètres du rivage, un piquet de bois signalait un forage pratiqué pour la pêche au trou.

Elles s'approchèrent : la couche de glace atteignait trente centimètres.

– Tu sais, reprit Alice, j'ai moi aussi parfois l'impression de travailler dans un hôpital. Les camarades des Dionne sont en effet très polies, très gentilles, c'est bien là le problème. Les Sœurs de l'Assomption les ont triées sur le volet avec un tel niveau d'exigence que certaines d'entre elles font preuve d'un dévouement excessif, presque insupportable.

– Tu veux dire comme des petites saintes ?

– Tout à fait. Elles se comportent avec les jumelles comme si celles-ci étaient des malades qu'il fallait ménager à tout prix.

– As-tu essayé de leur en parler ?

– Bien sûr. Mais elles ont été élevées dans cet esprit, à tel point qu'elles ne comprennent pas que cela puisse poser problème. On dirait que la compassion coule dans leurs veines.

Rassurées par l'épaisseur de la glace, elles s'éloignaient du rivage et patinaient à présent vers l'ouest. On distinguait nettement les îles Manitou, dont la plus proche n'était qu'à quatre miles et demi.

– Peut-être que la glace va jusque là-bas, dit Edith. Allons voir !

Elles s'élancèrent.

– Et les quintuplées, ont-elles beaucoup changé depuis notre voyage scolaire ? Les as-tu reconnues ?

– Comment aurais-je pu ne pas les reconnaître ? Plusieurs fois par an, les journaux continuent à publier leur photo. J'ai questionné leurs camarades : environ la moitié d'entre elles a visité Quintland en famille, et toutes sans exception connaissaient leur histoire. Bien qu'elles partagent le même dortoir cinq nuits par semaine, les quintuplées restent des espèces de stars pour les autres élèves. Il y a des crises de jalousie, des intrigues, des disputes même, pour gagner leur préférence.

– C'est normal, elles n'ont que douze ou treize ans. Ce sont presque des enfants.

– Presque, mais plus tout à fait. Ces jeunes filles sont très intelligentes, je te l'ai dit, suffisamment pour comprendre qu'on attend autre chose de leur part. Peu avant les vacances, j'ai commencé à donner des punitions.

– Toi, des punitions ? Tu as bien changé...

– En tout cas, je ne suis pas sûre que cela soit efficace. Au début, les punies pleurent et semblent sincèrement désolées. Et puis elles recommencent. Mais il y a quand même une chose qui m'encourage à continuer à leur coller des lignes : les quintuplées...

– Quoi, les quintuplées ? Elles ont besoin de punitions, peut-être ?

– Et pourquoi pas, justement ? Figure-toi que...

– Arrête ! Tu vas te faire renvoyer de l'école. Si les élèves ne se comportent pas bien, signale-le aux Sœurs, elles se chargeront de les punir. La pénitence, c'est leur spécialité, non ?

– Écoute-moi. Je ne sais pas si tu peux imaginer à quel point les Dionne sont sages, soumises, respectueuses des autres et de la parole des adultes. Elles sont parfaites, trop parfaites. C'est pour cela que je me réjouis du fait que, depuis que j'ai puni quelques-unes de leurs camarades, certaines des jumelles me donnent l'impression de chercher à se faire punir aussi, Annette en particulier.

– Intéressant. Comment s'y prend-elle ?

– Oh ! rien de méchant. Par exemple, quand elle me répond, il lui arrive de dire simplement oui ou non, alors que la règle de l'école exige qu'on ajoute « Miss ». Et comme dans ces moments-là elle me regarde avec un petit air, comment dire...

– Malin ?

– C'est ça ! Eh bien, j'en conclus que son oubli est volontaire.

– Je vois : la grande révolte.

– Ne te moque pas, c'est déjà ça, il faut bien commencer par quelque chose. Ce n'est d'ailleurs même pas une manière de défier mon autorité. Quand j'exige quelque chose d'elles, elles s'exécutent sans discuter, on peut donc supposer qu'elles trouvent mes demandes justifiées. Si Annette oublie de me donner du « Miss », c'est peut-être simplement qu'elle revendique davantage de considération. Je trouve que c'est une bonne chose et je n'ai pas envie de la décourager. C'est une toute petite flamme qu'il serait très facile d'éteindre. Mais mon rôle, c'est de souffler dessus pour l'entretenir.

– Et leurs parents, là-dedans ?

– En six mois, je n'ai vu qu'une seule fois leur père. Tu te souviens, à la boutique ?

– Bien sûr ! Ce drôle de type...

– Il n'a guère changé. En tout cas, il ne m'a pas reconnue, j'en suis certaine. Je crois que les quintuplées n'apprécient pas les week-ends en famille. Peut-être cela aussi les encouragera-t-il à devenir un peu plus indépendantes d'esprit. Mais tu sais, je ne me fais pas d'illusions, je ne suis là que pour un an.

Tout en parlant, elles avaient progressé en direction des îles qui semblaient à présent à portée de main.

– Qu'est-ce qu'on fait, alors ? lança Edith. On y va ?

Alice tourna la tête, sembla hésiter. Le soleil était déjà bas sur l'horizon, un vent froid s'était levé qui arrachait des flocons de neige aux branches des sapins pour les leur envoyer au visage.

– Il va faire nuit, fit-elle remarquer.

– C'est vrai. Mais l'occasion ne se représentera peut-être pas de sitôt.

– Tu as raison. Dépêchons-nous, alors.

En cinq minutes, elles eurent parcouru le dernier mile qui les séparait des îles Manitou. Elles abordèrent une plage de sable, sur la plus grande. Sans ôter leurs patins, les jeunes filles se dirigèrent vers sa partie centrale où les rives opposées se resserraient, formant un isthme. L'endroit, légèrement surélevé, offrait une vue dominante sur l'archipel. Un héron s'envola à leur approche, puis s'éloigna vers le sud en jetant un cri aigre. Dans la forêt d'érables et de bouleaux aux troncs dénudés, quelques cèdres jetaient leurs taches sombres.

— Tu sais ce que signifie « Manitou » ? demanda Alice.

— Oui. C'est un mot indien qui veut dire « grand esprit ».

— Une légende raconte que les gens de la tribu Nbisiing, venus se réfugier ici pour fuir les Iroquois, auraient fini par y mourir de faim.

— De faim ? Le lac regorge de poissons, et on entend des oiseaux de tous côtés. N'importe qui serait capable de survivre dans un tel environnement. Regarde, il y a même une source.

En effet, surgi d'une touffe herbeuse à leurs pieds, un filet d'eau s'écoulait vers le lac.

— Tu sais quoi ? dit Alice. Je crois que ce serait une bonne idée d'amener mes élèves ici.

— Allons bon ! L'incitation à la rébellion, ce n'est pas assez, tu veux leur organiser un stage de survie ?

— Un week-end de camping suffirait. Imagine-toi qu'elles n'ont pratiquement jamais quitté l'endroit où elles sont nées. Si je ne le fais pas, crois-tu que leurs parents auront l'idée de les emmener dormir sous une tente ? Ou les Sœurs de l'Assomption ?

À cette évocation, Edith se mit à rire.

— Je suis sûre qu'elles adoreraient cela, reprit Alice. Pour nous, c'est une promenade ; pour elles, ce serait une grande aventure.

— Comme celle du Robinson suisse, tu te souviens ? Mais en réparant l'injustice de l'auteur qui excluait les filles. Allez, Lili, si tu réussis à obtenir l'autorisation, je veux bien vous accompagner. On a toujours besoin d'une infirmière sur une île déserte, pas vrai ?

Il faisait presque nuit quand elles repartirent. Mais la lune se levait et la surface lisse de la glace, réfléchissant les dernières lueurs du jour, faisait briller les lames de leurs patins. Elles filèrent tout droit vers les lumières de North Bay, dans une course parfaite rythmée par leurs souffles accordés et le crissement des patins ; Alice fut presque contrariée d'arriver aussi vite.

Miss Alice leur avait annoncé son départ pour la fin de l'année scolaire. Yvonne savait qu'elle pleurerait. Elle s'était promis de retenir ses larmes jusqu'à la dernière semaine. À partir de là, elle les laisserait couler jusqu'à ce qu'elles débordent et rompent les digues, jusqu'à la noyer. Même si une autre professeure lui succédait, il n'y aurait pas d'autre Alice, plus jamais, c'était impossible.

Le dernier lundi arriva et Miss Alice leur dit qu'elles allaient faire un voyage, toutes ensemble, pour fêter la fin de l'année. La destination était une surprise. Elles partiraient du mercredi matin au jeudi soir. Les parents étaient prévenus, ils étaient d'accord.

À l'internat, elles passèrent deux soirées à préparer leurs sacs et questionner Miss Alice. Elle leur promit des jeux et des activités de pleine nature. « Où dormirons-nous ? » demanda Marie. La jeune femme hésita avant de répondre : « Sous des tentes. » Elle précisa que ce serait comme au dortoir : il y aurait trois tentes, et elles se répartiraient comme elles l'étaient dans les chambres. Elle-même dormirait dans une tente voisine. Une infirmière les accompagnerait, Sœur Aimée des Anges viendrait les voir le soir, elles n'avaient pas à s'inquiéter. Yvonne s'inquiéta pourtant, avec délices, trop heureuse de repousser l'échéance des larmes. Quand Miss Alice ajouta qu'elles prépareraient leurs repas par leurs propres moyens, elle eut envie de crier de joie.

Le matin du départ, un autobus les attendait devant le pensionnat. Revêtues de leurs tenues de sport, jupes amples en toile de coton, chemises à manches courtes et chaussures plates, les élèves portèrent leurs sacs jusqu'à la soute. Miss Alice refusait toujours de révéler l'endroit où elles se rendaient, mais elles reconnurent la route de North Bay. Le bus traversa la ville jusqu'aux rives du lac où une grande jeune femme les attendait. Elle leur sourit largement, découvrant une rangée de dents blanches en saillie. C'était Edith, l'infirmière. Comme Yvonne s'approchait pour la saluer, Edith l'enserra un instant dans ses bras. Elle exhalait un discret parfum de fleur d'oranger qui fit soupirer Yvonne d'aise. La Première s'abandonna à l'étreinte en fermant les yeux. « Une croisière ! » s'écrièrent leurs camarades en découvrant un ferry amarré au ponton. Elles embarquèrent. Le bateau prit le large en dessinant une courbe sur les eaux calmes du lac Nipissing. Accoudées au bastingage, Yvonne et ses sœurs scrutaient l'horizon. Une brume légère noyait les rives du lac, et elles eurent bientôt l'impression de naviguer en plein océan. Ce fut Cécile qui, la première, distingua la bande sombre d'un rivage s'élevant au-dessus des eaux. Le ferry contourna cette côte par la gauche. C'était une île. Derrière, il y en avait d'autres, alignées en arc de cercle, cinq îles dont la plus grande pouvait mesurer un mile de long. Miss Edith les nomma comme elles passaient devant chacune : Calder, Rankin, Newman, Petit Manitou, Grand Manitou. Le navire ralentit en obliquant vers cette dernière. « Eh bien ! dit Miss Edith, êtes-vous prêtes à passer la nuit sur une île déserte ? » « Oui », répondit gravement Yvonne.

De l'eau jusqu'aux genoux, elles firent la chaîne pour débarquer le matériel de camping. Miss Edith envoyait les sacs en tas sur la plage, le plus loin possible, avec des « Han ! » étouffés. Sous sa chemise mouillée d'éclaboussures – ou était-ce de la sueur ? – Yvonne voyait les muscles de son dos se tendre sous l'effort. Elles regardèrent le bateau repartir – il reviendrait le soir amener Sœur Aimée des Anges – avant de suivre Miss Alice sous le couvert des arbres où elles devaient établir leur camp. Il leur fallut une heure pour dresser les tentes en carré, les ouvertures se faisant face autour de l'emplacement où elles allumeraient un feu le soir. Miss Alice distribua des sandwiches ; tour à tour, elles burent à une source. Puis

Miss Edith annonça un grand jeu. La jeune femme forma des équipes de cinq qui reçurent chacune le nom d'une tribu indienne. Elle leur distribua des sifflets et des plans de l'île sur lesquels figuraient plusieurs croix. Il s'agissait de s'orienter pour trouver les messages cachés à ces emplacements et d'accomplir des missions en suivant leurs indications. Miss Alice resterait au campement, Miss Edith patrouillerait dans l'île. En cas de problème ou si elles se perdaient, elles n'auraient qu'à siffler pour être secourues.

L'équipe d'Yvonne rentra au camp après de longues heures passées à arpenter Grand Manitou en tous sens. Pour réaliser les missions préparées par Miss Edith, elles avaient dû escalader des arbres, fabriquer des arcs, des pièges, récolter des plumes d'oiseaux et des échantillons végétaux, se cacher pour échapper aux tribus hostiles... Leurs vêtements étaient tachés, déchirés, leurs cheveux emmêlés de brindilles, leurs bras et leurs jambes éraflés. Essoufflée par la course et les rires, ivre de grand air, Yvonne se laissa tomber sur l'herbe. Elle se sentait heureuse.

Pourtant, elles n'avaient pas le temps de faire la sieste : Sœur Aimée des Anges était attendue tôt dans la soirée pour le repas, après quoi elle rentrerait à Corbeil. Elles s'activèrent pour allumer le feu, remplir une marmite d'eau de source et y mettre à bouillir pommes de terre et saucisses. Quand Miss Alice leur fit remarquer que la supérieure risquait de s'inquiéter à la vue de leurs peaux griffées et leurs vêtements abîmés, elles laissèrent la potée à sa surveillance pour se précipiter vers le lac. Les jeunes filles frottèrent leurs bras, leurs jambes et leurs visages à grandes éclaboussures, puis, encore ruisselantes, coururent à leurs tentes. Elles en ressortirent bientôt, propres, fraîches et riant du bon tour qu'elles jouaient à Sœur Aimée des Anges.

Le bateau amena cette dernière bien avant le coucher du soleil. Adossée à un rocher pour manger la moitié d'une saucisse tout en agitant la main pour éloigner les moustiques, elle s'enquit du bon déroulement de l'expédition. À Emilie qui avait tendance à faire des cauchemars, elle demanda si elle n'aurait pas peur sous la tente. Yvonne vit sa sœur hésiter et sentit le danger. Si Emilie avouait à Sœur Aimée des Anges qu'elle n'était pas rassurée, cette dernière n'allait-elle pas les forcer à rentrer avec elles à l'internat ? La Première toussa vivement. Emilie comprit le message et se tourna vers la religieuse avec un sourire rassurant : non, elle n'avait pas peur, merci Ma Sœur. Après son départ, il y eut encore des jeux et des chants autour du feu. Elles se couchèrent tard.

Yvonne fut réveillée par des chants d'oiseaux lancés avant le jour, mais elle attendit les premières lueurs pour quitter la tente. Il faisait frais. Elle ramassait du bois sec pour rallumer le feu quand Miss Alice apparut. Ensemble, assises devant les flammes, elles préparèrent du thé. « J'ai reçu mon affectation pour l'année prochaine », lui dit la jeune femme. Elle partirait pour Montréal avec

Marcel Balfour, son fiancé. Elle ajouta qu'elle était très heureuse. « Il faudra venir nous voir, Yvonne, un jour, quand vous serez plus grandes. Je vous ferai découvrir la ville. Et en attendant, je compte sur vous pour me donner des nouvelles et m'appeler si vous avez besoin de conseils. Je suis votre amie, je serai toujours là pour vous. Vous m'appellerez, c'est promis ? » Yvonne promit. Elle dit qu'elle était heureuse, elle aussi. Et enfin, elle pleura.

ÉPILOGUE

L'année suivante, Edith démissionna de son poste à l'hôpital de North Bay. Après un nouvel engagement dans l'armée canadienne avec le grade de sergent et la responsabilité de l'instruction des infirmiers militaires, elle retourna à la vie civile pour devenir inspectrice des hôpitaux. Appréciée des personnels pour l'énergie qu'elle dépensait à les défendre, elle se laissa persuader de se présenter à l'élection des députés à l'Assemblée législative de l'Ontario, et eut la surprise d'être élue. À trente-huit ans, elle devint la plus jeune parlementaire de la province. Réélue à deux reprises, elle fut l'une des principales actrices de l'élaboration et de l'adoption d'une loi décriminalisant la contraception.

Parvenue à l'âge de la retraite, elle se maria et fonda, avec son époux, une maison d'édition dédiée à la cause des femmes.

Alice consacra l'essentiel de sa vie professionnelle à l'aide aux élèves en difficulté. À son arrivée à Montréal, elle fut affectée dans une école pour jeunes aveugles. Après quelques années passées à expérimenter des méthodes d'apprentissage et à créer du matériel adapté, elle défendit activement l'idée que les malvoyants avaient leur place au sein des classes ordinaires. Les premiers essais d'intégration furent un succès. Le dispositif fut étendu à l'ensemble de la province de Québec, et Alice fut chargée d'en assurer le pilotage.

Elle et Marcel eurent deux enfants.

* * *

À la fin de leurs études secondaires, les jumelles, âgées de dix-huit ans, obtinrent de leurs parents l'autorisation d'aller poursuivre leur scolarité à l'Institut d'études familiales de Québec, à plusieurs centaines de miles de la maison jaune. Dès les premiers jours, les jeunes filles comprirent que s'ouvrait pour elles une ère de liberté sans précédent : bien qu'assez strict, le règlement de l'institut permettait à ses pensionnaires de disposer librement de leurs samedis après-midi et dimanches. Ainsi, l'école censée parfaire leur éducation de bonnes ménagères offrait aussi aux Dionne l'occasion de fréquenter les bals, les cinémas, les musées, les concerts. Elles s'y employèrent assidûment.

La deuxième année, Annette, Emilie et Cécile poursuivirent leurs études dans le même institut. Yvonne, après avoir échoué au concours de recrutement des élèves institutrices, s'inscrivit aux cours d'une école d'infirmières. Quant à Marie, elle entra au couvent des Sœurs du Saint-Sacrement. L'idée de vocation religieuse avait toujours fasciné les jumelles, ce qui n'avait rien d'étonnant pour des jeunes filles ayant vécu une existence recluse. C'était sans compter la difficile épreuve de la solitude : après quelques mois de noviciat, les Sœurs du Saint-Sacrement libérèrent Marie. Son état de santé les préoccupait, annoncèrent-elles à la famille Dionne. Mais la brutale séparation d'avec ses sœurs était la principale cause de cet échec.

À l'été 1954, ce fut au tour d'Emilie de céder à l'appel de la religion en rejoignant le couvent Sainte-Agathe. Mais le 6 août, elle succomba à une crise d'épilepsie. On l'enterra à Corbeil, en présence du clan Dionne au grand complet. Les quatre jumelles restantes, choquées, brisées, hagardes, durent de surcroît endurer l'épreuve d'une exhibition de plus : des centaines de curieux et de journalistes, maintenus à distance par des policiers, se pressaient autour de la famille ; les flashes des appareils photo crépitaient aussitôt qu'elles esquissaient un geste.

À la rentrée de septembre, Cécile rejoignit Yvonne dans son école d'infirmières, où elles partagèrent la même chambre. Annette et Marie s'inscrivirent dans un collège, Annette en classe de musique, Marie en littérature. Les deux établissements étaient voisins, de sorte que les jumelles se voyaient quotidiennement. Mais Marie, cruellement éprouvée par la disparition d'Emilie, se révéla incapable de s'intéresser aux enseignements. De plus en plus taciturne et repliée sur elle-même, elle finit par retourner à Corbeil.

Le 28 mai 1955, les quatre sœurs atteignirent l'âge de vingt et un ans et devinrent majeures. Elles apprirent de la bouche du notaire de North Bay que le pécule amassé à leur intention par le docteur Dafoe s'élevait à près de deux cent mille dollars pour chacune d'elles. Après une deuxième tentative pour entrer au couvent suivie d'un nouvel échec, Marie décida d'ouvrir un magasin de fleurs. La boutique, baptisée « Salon Emilie », ouvrit ses portes le jour de la Fête des mères. L'inauguration donna lieu à la première apparition publique des quatre depuis l'enterrement de leur sœur. Ce fut un beau succès. La foule des curieux bloqua la circulation sur la Huitième Avenue durant plusieurs heures, tentant de se frayer un chemin jusqu'au magasin pour voir les jumelles et glaner quelques-uns des œillets que Marie distribuait gratuitement par brassées. Cette générosité perdura d'ailleurs, si bien que la nouvelle fleuriste donna autant de fleurs qu'elle en vendit les semaines suivantes et que les comptes du Salon Emilie affichèrent bientôt un déficit permanent. Le magasin ferma définitivement au bout de sept mois d'exercice, laissant à Marie une dette de quarante-deux mille dollars. C'était une parenthèse de liberté chèrement payée. Peu après, elle sombra dans une sévère dépression, première d'une série qui la contraindrait à plusieurs séjours à l'hôpital.

Durant la brève existence du magasin, Marie avait embauché un employé auquel elle avait rapidement abandonné l'essentiel de ses responsabilités. Philippe Langlois était un jeune homme mince et élégant, qui plaisait à la clientèle. Un jour, il envoya un message surprenant à Yvonne et Cécile : il souhaitait obtenir un rendez-vous avec l'une ou l'autre des deux sœurs, indifféremment. Cécile osa le rappeler, et il l'emmena au concert de musique symphonique. Vers la même époque, Annette rencontra un certain Germain Allard. Ce fut comme une passion fiévreuse qui s'empara d'elles jusqu'à balayer leurs projets d'études. Il y eut des fiançailles. Cécile et Philippe Langlois annoncèrent leur union par voie de presse, mais Annette et Germain, plus rapides, les devancèrent d'un mois, en octobre 1957. L'année suivante, Marie se joignit à cette course émancipatrice au mariage en épousant un dénommé Florian Houle, de dix-sept ans son aîné. Dans les années qui suivirent, les sœurs abandonnèrent leurs projets professionnels et crurent trouver un accomplissement dans leurs rôles de mère : Marie eut deux enfants, Annette trois, Cécile cinq. Seule Yvonne persista dans le célibat. Dès lors, séparées par leurs vies familiales respectives, les sœurs Dionne cessèrent progressivement d'intéresser les médias.

Marie décéda en mars 1970 d'un accident vasculaire cérébral. Elle avait alors trente-sept ans et vivait seule à Montréal depuis son divorce. Dans les mois qui suivirent, Cécile, qui avait également divorcé, alla s'installer chez Annette ; Yvonne les rejoignit un peu plus tard. Cette réunion des jumelles sonna le signal du départ pour

Germain, le mari d'Annette, incapable de trouver sa place dans le clan reconstitué.

En 1997, les journaux et la télévision annoncèrent la naissance des premiers septuplés de l'histoire de l'humanité. L'événement fit instantanément le tour de la planète, déclenchant un engouement comparable à celui qu'avait suscité la venue au monde des Dionne. Cette nouvelle, et surtout le battage médiatique qui l'accompagnait, plongèrent Yvonne, Annette et Cécile dans une tristesse mêlée d'amertume : l'histoire se répétait, avec ses erreurs. Elles adressèrent alors, par l'intermédiaire d'un grand magazine d'information, cette lettre ouverte à Bobbi et Kenny McCaughey, les parents américains des sept bébés jumeaux :

Chers Bobbi et Kenny,

Depuis que nous sommes adultes, nous avons toujours soigneusement cultivé la discrétion. Mais aujourd'hui nous ressentons avec force la nécessité de rompre le silence, le temps de vous adresser ce message.
Nous éprouvons toutes les trois beaucoup de sympathie, et une immense tendresse pour vos enfants. Nous espérons très fort qu'ils seront mieux traités que nous ne l'avons été, et que leur existence ne sera pas trop différente de celle des autres enfants. Les naissances multiples ne doivent pas donner prétexte à des spectacles ou des

exhibitions, pas plus qu'elles n'ont à être utilisées comme publicité pour vendre des produits de consommation.

Comme vous le savez, nos propres vies ont été abîmées par l'exploitation que nous avons subie. Durant notre enfance, on nous a exhibées comme des curiosités, deux fois par jour pendant des années, pour amuser des millions de touristes.

Évitez ceux qui chercheront à exploiter la popularité de vos bébés. Il est temps de tirer une leçon du gâchis qu'ont été nos jeunes années. Si cet avertissement peut contribuer à protéger vos enfants, alors nos vies auront eu un sens.

Affectueusement,

Annette, Cécile et Yvonne Dionne

À ce jour, en 2019, Annette et Cécile vivent toujours dans la région de Montréal. Ce sont maintenant de très vieilles dames.

Sources

Les passages de ce roman consacrés au journal d'Yvonne Leroux sont inspirés et librement adaptés de son véritable journal, conservé par les archives publiques de l'Ontario. https://www.archeion.ca/fred-davis-and-yvonne-leroux-fonds
(Fred Davis and Yvonne Leroux Fonds, *Diaries of Yvonne Leroux*, Sub-series C 9-2-1)

Note de l'auteur

L'histoire des sœurs Dionne est une histoire vraie, mais Alice et Edith sont des personnages imaginaires. Tous les événements relatés dans ce livre ont donc réellement eu lieu, à l'exception de ceux où elles interviennent. Sans elles, quelques joies auraient sûrement manqué à ce récit. En faisant des recherches pour préparer mon livre, j'ai parfois trouvé bien difficile de débrouiller le vrai du faux dans une histoire pourtant pas si ancienne. C'est que, dès le premier jour, la vie de Marie, Emilie, Cécile, Annette et Yvonne est devenue une grande affaire, beaucoup plus grande qu'il ne convient à une vie d'enfant. Dès lors, elle cessa de leur appartenir pour devenir un spectacle médiatique mêlant fascination, empathie et incrédulité, mais aussi goût du sensationnel, indifférence et cupidité.
Quant à Alice et Edith, j'aime à penser que le romancier est traversé par ses personnages plus qu'il ne les crée. Si elles n'ont pas réellement existé (du moins à ma connaissance...), elles ont leur vérité romanesque. À n'en pas douter, nombre d'entre vous pourront se reconnaître dans leur générosité, leur ténacité et l'espoir qu'elles portent.

F. D.

a. Le public attend la prochaine heure de visite pour voir les quintuplées, 1936. (© MEPL/Bridgeman Images)

b. Foule faisant la queue devant l'observatoire pour voir les quintuplées Dionne, 1er juin 1940 (Photo de Hansel Mieth/The LIFE Picture Collection/ © Getty Images)

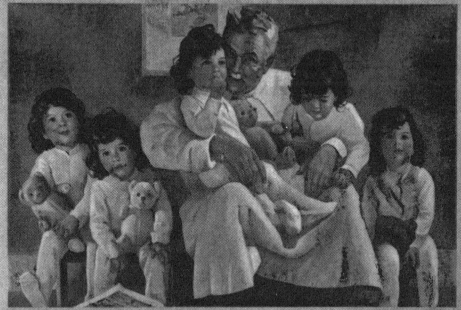

c. Publicité pour Palmolive © Rue Des Archives/RDA

L'auteur

Fred DuPouy habite le sud-ouest de la France (Lot-et-Garonne), dans une ferme pleine d'animaux. Le jour, il est prof dans une école pleine d'enfants ; la nuit, il chante, joue de la basse et fait trembler les murs avec le groupe de rock TaraKings. Il est l'auteur de quelques romans junior parus en presse, notamment chez Bayard Jeunesse, et de la série *Flopsy* chez Talents Hauts.

N° d'éditeur : 10252248 – Dépôt légal : mai 2019
Achevé d'imprimer sur Roto-Page en avril 2019
par l'Imprimerie Floch (53100, Mayenne)
N° d'impression : 94218
Imprimé en France